未来を生きるものたちへ

じいじからのメッセージ

鶉野幸一
UZURANO KOICHI

幻冬舎 MC

未来を生きるものたちへ

じいじからのメッセージ

「紅葉がきれいやなあ」

「せやけど落ち葉で滑って危ないいやんけえ」

宇野龍平は、自分の独り言に自分で突っ込みを入れている。

(またボヤいとるわあ)

龍平の愛犬はそう思っている。

愛犬のバディは、年を取ってはいるが立派なダルメシアン。近ごろすっかり足腰の弱くなってきた龍平にとって、大型犬バディとの散歩はひと苦労である。

「危ないやんか、そないに引っ張るなよ！」

(そんな馬力あるかあ)

馬力か？　犬力か？　バディは悩みながら飼い主に突っ込んでいる。

「臭いから銀杏踏むなよ」

(またボヤきよるわあ)

バディは、龍平のボヤきをもう聞き飽きている。

龍平は、ふと立ち止まり、ハラハラと落ちてくるイチョウの葉の隙間から、まぶしい秋の青空を見上げた。大阪の空もきれいやなあと、ひとすじの飛行機雲の行方を追った。

昔はよう飛行機に乗って旅行に行ったなあ、せやけどバディが来てから行かれへんようになったなあ。龍平は、バディを飼うときに、妻の清美にさんざん言われたことを思い出している。

「アンタな、六十を過ぎて大型犬を飼うということは、もう八十くらいまでどこにも行かれへんいうことやし、だいたい体力も持つかわからんのよ、その覚悟があるんか」

龍平はそれを聞き流していた。

いつも清美は正しいことを言うのだが、龍平は、自分の考えが世間の常識であり、オレのすることはすべて正しいと思うタイプの人間だったから、清美の言うことを一度たりとも聞いたためしがなかった。

龍平はこれまで、たとえ自分の常識が間違っていたとしても、大して気にしてこなかったけれど、近ごろはバディとの散歩のたび、清美の言ったことは正しかったんやなあと痛感している。

ああオレは、ずいぶんと清美に迷惑をかけてきたんやろなあ。

龍平は、さっさと行くでとでも言いたげなバディに、またズルズルと引きずられながら、いまさら自分の我がままぶりを反省している。オレはいままでほんまに我がまま三昧してきてしもた。いまさら反省しても遅いんやろな。

龍平の歩みが遅くなる。

あれ？と胸に違和感を覚えた龍平は、思わず胸に手を当てた。

バディが、龍平の遅さに振り返ったとき、龍平の心臓は冗談のように痛み出した。動悸も激しくなってきて、あれよという間に息ができなくなってきた。

「バディ……」

龍平はそう言いながら、ふかふかの黄色い落ち葉の上に倒れ込んだ。倒れ込む直前に、潰れた銀杏の匂いが鼻についた。心配そうに覗き込んでいるバディの顔を見たのが記憶の最後。救急車のサイレンも、バディの吼える声も、龍平の耳には届かなかった。

第一章　異端児誕生

「やっぱズブといなあ」

「もうくたばってくれても良かったんやけど、おれへんかったらまた寂しなるしなあ」

「アンタら、なにアホなこと言うてんねん」

「あんな、そないなこと言うてる暇あったら、お母さんと一緒におったりや。睡眠不足で疲れてんねんから」

「でもおかんもちょっとは思てるはずやで。そろそろ逝ってくれてもって」

「せや、おとんは好き放題やってきて思い残すことはないやろし、おかんもせいせいするん違うか」

「こら、そんなこと言うてたら化けて出てくるで」


アホか、まだ生きとるわ。龍平には、四人の子どもたちの声がぜんぶ聞こえていた。長男と次男は言いたい放題、長女と次女はそれをたしなめている。

せやし、さっき目覚めたときにおった妻の清美はどこ行ったんや。龍平は、ぼんやりする頭で考えている。

オレはまた死に損のうた。二度目の心臓発作やったのに、誰だか親切な人が近くのビルからＡＥＤとやらを持ち出してきて助けてくれたんやそうや。なんや知らんけど、オレは結局なにかを持っとるんやろなあ。龍平は、自分の強運を再認識している。

「じいじは生き返ったんかあ？」

龍平の病室に、続々と孫たちが集まってくる。

龍平の家族は、四人の子どもとその伴侶と孫十人。妻の清美も入れると総勢十九人。その十九人全員が、龍平のいる六人部屋の病室に入りきれるわけもなく、半数以上はわらわらと、外の廊下まではみ出してしまっている。そしてそれぞれが、二人、三人単位になってしゃべっているから、病室と廊下はさながら宴会場と化している。

宇野一家、迷惑極まりない。ほんまに親のしつけが悪すぎる。親の顔を見てみたいもんや。龍平はそう思い、オレやんかと自分に突っ込む。すっかり意識の戻った龍平は、黙って目を閉じたまま、この馬鹿どもが、静かにせんかと心の中で怒っていた。

「じいじぃ」

龍平の孫たちが、ベッドサイドへ寄ってきて、モニターや医療機器につながれている祖父の姿を見ながら好き勝手に言いはじめる。

「これは脱皮やろか？　変態やろか？」

生き物好きの女の子が言う。

「これはエンジンブローやで」

モータースポーツ好きの男の子が言う。

「うーん、これはバグっとるな」

ジオラマ模型のシステム好きな男の子が言う。

「じいじには、調律が必要なんやね」

音楽好きな女の子が言う。

龍平は心の中で、みんな好きなことをほざきやがってと思っているが、さすがオレの孫だけあるわと嬉しくも思っている。

龍平は子どものころ、生き物にはまり、モータースポーツにはまり、模型にはまっていた。音楽好きなんはバレリーナやった清美の遺伝子やろなと思いながら、龍平は、自分のDNAが確実に孫たちに継承されている様を見て、死んでいる場合ではないと思った。

我が子たちの子育てのときは生活も苦しく、教育どころではなかった。がむしゃらに仕事をしながら突っ走ってきたから、子どもたちに目を向ける余裕がなかった。そのツケがこの有り様や。宴会場と化した病室で、龍平はうるさい子どもたちの様子を薄目で窺っていたが、やがて満を持して、ぱっちりと目を開けた。


「おとん、目え覚めたんかあ」

「もう逝ったか思うたわあ」

「あかんよ、いま逝ったら借金だけ残るねんから」

「オレらの話、いつから聞いとったん?」

子どもたちは、やっぱりまたボロクソに言いながら、龍平の枕元に寄ってくる。龍平は、嫌味たっぷりに丁寧な物言いで返す。

「このたびは、誠にご心配ご面倒をおかけいたしまして大変申し訳ありません」

子どもたちが黙った。

「オレは三途の川を渡りかけたんやけど、川の真ん中で、オマエらが好き勝手言うて馬鹿騒ぎしとるんが聞こえたからな、オマエらを怒鳴るためにいやいや戻ってきてやったわ」

いつもの龍平の口調に、その場にいた全員がホッとした。

「じいじ、お花畑あった？」

女の子の孫が、かわいらしいことを聞く。

「うーん、あったようななかったような。まだ川の途中やったからな、向こう岸になにがあるかわからんやったわ」

「そっか、今度行ったら見てきてね」

「わかった。また行ったらまた戻ってきたるな」

「いやオヤジ、もう戻ってこんでええて」

息子たちがすかさず声を合わせて言ったので、同室の患者さんたちが笑っている。この部屋の入院患者は、龍平を入れて三人。

「すんませんねえ、うるそうて」

龍平は、隣と斜め前にいる患者さんに謝りながら、気になっていたことを思い出す。

「そや、バディはどうした？」

「ちゃんと家におるで、警察が連れてきてくれたわ」

龍平は、近ごろの警察はそんなことまでしてくれるんか、なんや親切やなあと感心する。それから今日は何曜日や、と冷静に考えた。

「オマエら、学校はどうした？」

孫たちに聞くと、全員が愉快そうに笑う。

「なに寝ぼけたこと言うてんねん。今日は日曜日やで」

「じいじは日曜日に倒れて一週間寝とってんから、今日も日曜日や」

孫たちは、六人部屋の空いているベッドに腰かけて、本を読んだりゲームをしたり、くすくす笑い合ったりしている。同室の患者さんと仲良くなって、嬉しそうにお菓子をもらっている子もいる。

「じいじ、あのね……」

「あのな、おとん……」

子どもたちも孫たちも、一斉に龍平に話しかけてくるから、龍平の血圧が上がっていく。

「うるさいなあ、オマエら、一人一人順番にしゃべれ」

「なあみんな、じいじはいま再起動したとこやから、まだちゃんと立ち上がってへんからな、少し静かにしといたろう」

孫の一人がうまいこと言ったので、全員が感心する。

「じいじ、大丈夫か？」

別の孫が労わってくれると思いきや、

「のんきに寝てる場合ちゃうで。じいじはこれからいろんなアプリを私らにインストールしてくれなあかんねんから、ぼやぼやしとる時間はないで」

と、これまたうまいことを言う。

孫たちはしっかりしている。一歳から二十二歳まで、龍平の孫たちは全員病室に揃っていた。年長の孫たちが、小さな孫たちの面倒を見ていて、誰かが動くとそれをみんなでさりげなく見守っている。無意識にきっちりと統制がとれていた。

偉いもんやなあと感心しながら、龍平の胸にある思いが浮かび上がった。

この子らにオレが残せることはあるやろか。

さっき孫の一人が言ったアプリという言葉がヒントになった。

そうか、オレの人生というアプリを孫たちの中にインストールするんがオレの最後の役目かもしれん。この子らが生きていく上で、オレのしてきた経験が、少しでも役に立つなら御の字だと思った。

オレは、他人がせんような経験をしてきた。ことごとく夢破れ、挫折感を味わいながら、たくさんの人に助けられて生きてきて、いまがある。龍平は、自身の人生を振り返ってみた。

龍平にとって思い出したくない暗黒時代の記憶も蘇ってくる。走馬灯にロウソクが灯され、徐々に彩度が増していくように、龍平の脳裡から消し去られた過去が、次々と鮮明に蘇ってくる。

もしかしたらオレの経験が、この子らの行く先の光となるかもしれん。

そう思いついた龍平は、自らの思いつきに興奮し、新たな喜びが湧いてくるのを感じた。

若いころのように血が騒いでくるのを感じ、十代に戻ったような気さえした。

オレは一度死んで生まれ変わったんやろか。龍平は、素晴らしくさわやかな気分だった。

よし、孫たちのためにオレの人生を語ろう。オレのアプリを孫たちにインストールや。

龍平は、身体が動かせないのがもどかしいほどに浮かれていた。


「お父ちゃん、先生がな、しばらく入院しといてくださいい言うてはったよ」

妻の清美が、子どもや孫たちを押しのけてベッドサイドまでやってきた。

「しばらくてどれくらいや」

「一週間から十日くらいやて」

「そうか。お母ちゃん、オレは今日まで一週間も意識不明やったんか？」

「せやで、心配したんで」

「それはすまんのう」

「謝ることはないわ」

「そっか、生き返ってすまんのう」

清美はケラケラと笑い、

「このまま六人部屋でええか？　個室も空いとるみたいやけど」

と聞く。

「うん、ここでええ」

龍平がそう答えると、

「でもな、うっとこは子どもや孫がぎょうさんおるし、他の人らに迷惑かけるんちゃうん?」

清美はそう言って隣の患者さんに頭を下げた。するとその人が、

「あのう、良かったら、ここにいててください。宇野さんとこの家族おもろいし、お孫さんらはみんなかわいいし」

と言ってくれた。それを聞いた斜め前の患者さんも大きく頷いてくれている。

「そうですかあ、すんませんねえ」

清美は謝りながら、大きなバッグの中からお菓子を取り出し、同室の人たちに配りはじめる。龍平の子どもや孫たちもついでにお菓子をもらい、すぐにお菓子を頬張ったから、病室は、ほんのひとときに静かになった。

「さあみんな、そろそろ帰るで」

清美がそう言うと、全員が立ち上がった。

年長の孫たちは、小さな孫たちが座っていたベッドをきれいに整え、高校生の孫が、まだうまく歩けないよちよち歩きの孫を抱えている。

完璧や。

龍平は孫たちの動きを見て、令和の時代やけどまるで昭和のころのようやないかと、自身の子ども時代のことを思い出している。

「ほなじいじ、また明日ね」

「おう、明日からじいじが『オレの話』をしたるからな」

「へえ、『オレの話』楽しみにしとるわ」

「ほな明日な」

みんなが次々と病室を出ていき、最後に清美が、また明日なと言って帰っていった。宇野一家が去った病室は、まるで台風一過。病室は信じられないほど静かになった。

病院食は、お世辞にもおいしいとは言えなかったけれど、久しぶりに食べるどろどろのお粥は、龍平の胃袋にゆっくりと染みた。ごはんが食べられるというのはありがたいこっちゃなあと、お粥か神様かどっちに感謝したらいいのかわからなかったけれど、龍平は、ごちそうさまと手を合わせて頭を垂れた。復活したての龍平は、復活初日に疲れ果て、消灯前には深い眠りに落ちていた。

朝の光が柔らかく龍平を包んでいる。ベッドを囲むベージュのカーテン越しに陽が差し込んでいて、病室の窓が東向きなのがわかった。

「おはようございます、お目覚めですかあ?」

さわやかにカーテンを開けて若い看護師が入ってくる。白いナース服がまぶしい。看護師は、カチャカチャとトレイから血圧計を取り出し、龍平の血圧を測った。

昨夜のうちに、いろんな管が龍平の身体から外されたので、龍平は自由になっている。今日からリハビリもはじまるらしい。でも自由とはいえ、一週間も寝たきりでいると、歩くのもままならなくなっているので、トイレに行きたいときはナースを呼ばねばならない。

窓の外に目を転じると、晩秋の街に、太陽の光がキラキラと降り注いでいるのが見えた。

「お前が生まれたとき、まあ暑かってなあ」

龍平の耳に、死んだ父親の声が聞こえてくる。

龍平は父親から、自分が生まれた日のことを耳にタコができるほど聞かされていたので、その日の光景を、まるで見ていたように話すことができる。


オレが生まれたんは七月十日の午後四時。いまみたいな病院とちごて自宅での出産や。オヤジらは、強烈な西日の差す縁側に座り、たらいに立てた氷の後ろに扇風機を置いてガンガンに回しながら、それでも足らんでウチワで扇いで、みんなでオレの誕生を待っとった。

みんなというのは、長屋の住人たち。オヤジが住んどったんは二十軒もの家が連なる長屋で、長屋中の連中がオレの誕生を見守っとったらしい。まるでキリストの生誕やな。あ、キリストは馬小屋か。

龍平は、自分の回想に突っ込みを入れている。ふいに思い出した誕生時の回想が止まらなくなり、せっかくの回想がもったいないので孫たちが来てから話そうと、思考にまでドケチ根性を出しているのだが、回想するんは一旦ストップやと思ってはみても、昨日からずっと頭の中は過去へと戻りがちで、龍平の走馬灯は止まらなかった。

蝉がうるさいくらいに泣きよったらしい。長屋の中庭の板塀には、汚れたランニングシャツと半ズボン姿のガキどもがずらりと並んどって、生い茂ったシュロの樹の木陰には、シュミーズ姿のばあちゃんやガキどもの母親たちが座っとった。

暑くてたまらん一日が、やっと昼間を終えて夕方に差しかかろうとしとるとき、オレは産婆さんに取り上げられて、大声で泣きながらこの世に誕生した。オレが生まれた瞬間、長屋中が拍手喝采、そりゃもう大騒ぎやったそうや。

おめでとう言われたオヤジと、めでたいなあ言うて喜んどる長屋の連中が、早速酒盛りをはじめよった。みんなに見守られて(覗かれて?)生まれたオレは、産湯に浸かりながら酒の匂いを嗅ぎつけて、今後の人生に、ちいと嫌な予感を感じたかもしらんが、とりあえずは龍平くん、無事にご生誕。大勢の人たちに祝福されて、ありがたい限りやな。

龍平は、長屋時代のことを振り返るとき、オレは信じられんくらいの愛情を受けて育ったんやなあと、いつも感謝の念を覚える。

長屋で生まれた龍平は、朝起きてすぐに隣家のおばちゃんの腕に抱かれ、一時間後にはその隣の家にいて、二時間後にお腹が空いて泣くと母親の胸に戻り、すやすやと昼寝をするのは三軒隣の家の畳の上だったり四軒隣の家の縁側だったり。龍平は、ぐるぐるぐるぐる一日中長屋を回り、そこら中の人にかわいがってもらい、愛情をたっぷりともらっていた。

「夕方まで赤子がどこにおるかわからんっちゅう愛のたらい回しや」

龍平が突然しゃべり出したので、隣の患者さんが驚いている。

「な、なんですか？　た、たらい？」

「あ、えらいすんません、独り言ですわ」

昼過ぎになって、着替えや本を持って清美が来てくれた。大きな孫たちは学校が終わり次第、小さな孫たちを連れて見舞いに来てくれるそうだ。

清美は気のせいか、生き生きしているように見える。

「なんやオマエ、オレが入院して嬉しそうやな」

清美はふふんと笑っている。

「そやねん。久しぶりに誰かの世話を焼かんといかん思うたらな、ちょっと懐かしくておもろいねん」

「誰かの世話を焼くんは大変なん違うか」

「そうやけどな」

「オマエずっと子育て大変やったやろ」

「アンタがいっこも手伝えへんかったからな」

「えらいすんません」

「アンタの面倒も見らなあかんやったしな」

「オマエはよう、ウチには五人の子どもがおる言いよったもんなあ」

「せやで、一人だけ成長せえへん、大人にならん子どもがアンタや」

「えらいすんまへん、感謝しとります。四人の子育てにオレの両親や自分とこの両親の面倒に、それから仕事、オレはお母ちゃんには頭が上がらんわ、ほんまありがとう」

「あら、病院におるからって弱気になったんか？」

珍しくちゃんと感謝を口にする龍平に、清美はちょっと驚いている。

「あんまりしおらしくならんとって、死ぬんちゃうか心配になるわ」

「オレはまだ死なん」

「わはは、言いきりよった」

清美は、一週間も意識がなかったとは思えないくらい元気な龍平の姿を見て安心した。

二十歳で結婚し、四人の子どもを産み育て、仕事もし、毎日自分のことなんか後回しに生きてきた清美は、龍平がいなくなったあとの自分の姿が想像できない。

友人たちからは、自分のしたいことをしいと言われるけれど、清美は、自分がなにをしたいのかわからない。私は完全に受動態で生きてきた。それが清美の最近の口癖だ。私は、人生を切り開いていく夫にただついてきただけだ。清美はそう思っている。

正確に言うと、ついてきたというより、日々目の前にたくさんのタスクがありすぎて、それをこなすことに追われていたら、いまや孫が十人いるという状態。

友人の中には、まだまだ子育て中の人もいて、早々に子育てを終えた清美を羨ましがっているけれど、子どもの次には孫がいる。そしてなによりこの人がずっといる。清美には、龍平が自分の前からいなくなることが考えられなかった。

清美は、一日ですっかり元気になった龍平を見て安心し、龍平の分までやらなければならない仕事の待つ職場へと戻っていった。

午後三時過ぎ、大きな孫たちが、小さな孫たちを連れてやってきた。

小さな孫が周囲からたっぷり愛情を注がれている様を見ていると、小さい子は得やなあと思う。長屋で生まれた龍平は、いつも近所の、まるで兄や姉みたいな年上の子どもたちに遊んでもらっていて、小学校へ行くようになると、常に彼らに守ってもらっていた。

龍平の弟や妹が次々と生まれてくるのは龍平が六歳になってからのことだから、龍平の、愛情独り占め一人っ子時代は六年間続いた。

「ええか、今日は、昨日言うとった『オレの話』をしたるで」

「それ、なんなん？」

「じいじがどんな人生を送ってきたかっちゅう話や」

龍平は、孫たちの顔を一人一人ゆっくりと眺めてから、自分の生い立ちを語りはじめた。


オレのオヤジ、つまりオマエらのひいじいさんは、オレと同じ旋盤工《せんばんこう》やった。旋盤工ちゅうんは、工場で旋盤っちゅう機械をつこて金属を加工する職人のことや。はじめは工場の勤め人やってんけどな、そのうち人に雇われることが嫌になりよって、自分の工場をはじめることにしたんや。

オヤジはある日、信じられん場所に工場を作りはじめよった。

オレらが住んどる長屋の庭に、突然小さな工場を作ったんや。

長屋にはな、共有の裏庭があってな、庭の奥には井戸もあって、当然そこでは毎日井戸端会議がある。そんな長屋の女たちの憩いの場でもある庭にな、オヤジは誰の許可も取らんと、いきなりシュロの樹を切り倒して、掘っ立て小屋を建てよった。小屋にトタンの屋根をつけてな、そん中に旋盤の機械を入れて、今日からここは俺の工場や、と勝手に宣言しよった。まるで戦後の闇市《やみいち》や。

「やみいちってなんや」

「自分んとこの土地でもないとこで、勝手に許可なしで商売することや」

「ふーん」

　孫たちは、龍平の話に興味があるのかないのかさっぱりわからなかったけれど、黙って耳を傾けている。日ごろからよくしゃべる龍平に馴れているからか、中には本を広げている子もいるが、昨日みたいに大騒ぎになることもなく、今日はだだっ広く感じられる六人部屋の窓際で、くっつき合って大人しく龍平の話を聞いている。


　オレが子どもんときはそんな時代ちゃうやってんけどな、あのころは立派な高度経済成長期やったし、長屋の人らもよう文句言いよったし、オヤジのせいで、よう揉め事が起きよったわ。

　オヤジは、暑うて働けるかあ言うて、夏場は夜にしか働かんし、近所の人が、夜やから機械止めんか言うても、暑うて夜しかできんわ言うて、真夜中にキイキイ、金属を削る高周波を出しまくりよった。オヤジはしょっちゅう問題起こしよって、苦労したんはオフクロや。

　そのころの我が家の家族構成は、オレ、オヤジ、オフクロ、オヤジの母親、オヤジの妹と弟。この六人で、二階建ての長屋に暮らしとった。長屋いうても部屋数は結構あってな、それぞれの部屋はちゃんとあった。でも風呂はなかったから銭湯や。

　オヤジの妹と弟は、ええとこ勤めとってな、オフクロは家事に追われとった。オフクロはみんなの家政婦みたいなもんやった。よう夫婦喧嘩もしよったわ。

いまでも覚えとるんは、夜中にオフクロに叩き起こされて、半分寝たまま夜汽車に乗せられて、オフクロの実家のある島根に連れていかれたことや。

オレは電車が好きやったから、ああ、電車楽しいわあって、夜汽車が楽しゅうてな。でも朝になってオフクロの実家に着いたら、オフクロの両親が、オフクロにこんこんと説教しよって、オレらはとんぼ返り。オレはまた電車に乗れるから有頂天。

ほんで帰ってきたらまたひどい夫婦喧嘩がはじまって、その喧嘩に油を注ぐのがばあちゃんなんや。ばあちゃんの母親は遊郭《ゆうかく》のお嬢さんでな、父親はそこに出入りしよった人力車引き。ばあちゃんは、遊郭の女の人らのために着物を縫うたりしよったらしいけど、うっとこのお父さんは背中に入れ墨入っとったんやでって自慢しはる人やったからな、オフクロは大変やった。

ばあちゃんはえらい気が強うてな、二回結婚しとって、旦那さんは二人とも四十歳前に亡くなっとって、カマキリみたいなばあちゃんやった。なんでカマキリかいうとな、カマキリは交尾したら雄を食べんねん。せやからオレは、じいちゃんはばあちゃんに食べられたんや思うとった。

「遊郭ってなんやろ」という小さな声が聞こえ、誰かが「キャバクラみたいなもんや」と教えていたが、龍平は知らん顔で話を続けた。

オヤジはオヤジで絶対に自分を曲げんから、商売は下手やし、銀行に融資の相談に行っても、ちょっと嫌なこと言われたら、オマエんとこの金なんかいるかーって一喝して帰ってきよる。せやからいっつも貧乏や。

でもな、同居しとった叔父さんと叔母さんが、二人ともええとこに勤めとったさかい、オレはいっつもええ服着とったんや。特に叔母さんなんか給料入ったら真っ先にオレに最先端の流行の服を買うてくれたからな、オレはいっつもピカピカのおしゃれさんやった。

叔父さんも、ボーナスもろたらテレビで見たもんを次の日に買うてきてくれた。せやからオレは昔流行ったダッコちゃんなんて二つも持っとって、幼稚園に持ってってって自慢や。当時はまだ誰も持ってへんやった自転車も買うてもろて、オレは我が物顔で長屋の前の砂利道をぶっ飛ばしよった。

金回りのいい叔父さんや叔母さんがオレにいろいろ買うてくれるんを見て、貧乏なオヤジは腹立ってしょうがなかったみたいやけど、自分がでけへんからしょうがないわな。

「ダッコちゃんてなんやろ」とまた小さな声がして、「ぬいぐるみかフィギュア違うか」と誰かが答えていた。

夏になると毎日、井戸に冷やしとるスイカでスイカ割りやで。

ある日、近所の仲間と泥だらけになってスイカ食べよったら、早めに帰ってきよった叔母さんがな、オレを急いで家に入れて、頭からぜんぶ洗うてくれて、よそ行きの半ズボンのスーツを着せてくれたんや。白いハイソックスも履かされてな、お坊ちゃまくんになったオレは、ごっつい高級なホテルに連れていかれて、いきなりおハイソなパーティに参加や。なんやホテルのオープニングパーティかなんかでな、白いクロスで覆われたテーブルで高級料理を食べてな、ああ、その料理のうまかったこと、いまでもその味を覚えとるくらいや。

おいしいご馳走をたらふく食べて、眠たなったオレが半分眠りながら叔母さんと家に帰ってきたら、近所のおばさんが、アンタ、家に入ったらあかん言うから、なんやろ思たら、ガッチャンガッチャン、家ん中でオヤジとオフクロが派手な夫婦喧嘩しよんねん。オレはそのまま近所のおばちゃん家に連れていかれて、おばちゃんの布団で寝ながら思った。オはて、オレんちは金持ちなんかな、貧乏なんかな。オレの家ん中に、貧乏人のオヤジと金持ちの叔父さんと叔母さんがおって、オレは混乱しとったんや。

「じいじは金持ちなんか貧乏人なんかいまでもわからんわ」

孫の一人がそう言っている。

「多分な、成金やで」

誰かがそう言っている。

龍平は無視した。

　それからオレに良くしてくれたんは家族だけやない。近所のおばちゃんらもオレをあちこち連れ回してくれてな、隣のおばちゃんなんか、旦那さんはおっきな鉄工所に勤めとって、子どもたちはみんな大きかったから、小さなオレをごっつうかわいがってくれて、京都の成田山へお参りに行くときは、必ずオレを連れていってくれた。目の前でお神楽《かぐら》踊ってもろてな、帰りに京都の料亭でお膳《ぜん》もろて、へえ、なんやこれっていうすごいご馳走食べさせてもろた。

　ほんで次の日学校行って、あんなあ、昨日な、料亭ででっかいエビ食べたねん言うて友だちに自慢や。オレの毎日は面白かったから、それを学校でぜーんぶ話すオレは人気もんやった。けどな、オレの周りには大人がぎょうさんおったから、オレには子ども同士の話が全然おもんなくて、親友ちゅうのはおらんかったわ。


「生意気なガキやったんやろな」

「自分で人気もん言うたで」

　孫たちはくすくす笑っている。

　オレのばあちゃんも、じいちゃんの墓参りに行くときは必ずオレを連れてったから、月《つき》命日《めいにち》ごとにオレは幼稚園や学校を休んどった。ばあちゃんは二回結婚しとって、二人とも死んどるから、月命日が二回ある。

学校で勉強しとったら、はよ行くでえってばあちゃんが迎えに来るから、またばあちゃん来とんでえって、みんなから囃《はや》し立てられるけども、学校を早引けできるからみんな羨ましがっとった。オヤジは学校休ませんなって怒りよったけど、ばあちゃんの方が強かった。

そんなこんなでオレは、身体はちっちゃかったけど、小学校では大将やった。すばしっこくて足も速かったから、運動会では負け知らずやし、町内の運動会でも大活躍や。リレーで逆転優勝した日なんかな、銭湯行くと、近所のおっちゃんらから、オマエようやった、速かったなあって頭撫《な》でられて、ようコーヒー牛乳奢《おご》ってもろたもんや。

六年生になったころには、みんなの喧嘩をおさめよったし、金持ちの子が貧乏人の子をいじめたら、なんしよんやあって怒鳴ったり、在日の子らとも仲良うなって、よう家に遊びに行きよった。そんな子らと遊ぶなと親から言われた子らもおったけど、そんなん関係あるかあって、オレはみんなを連れて遊びに行っとった。

在日の子らのお母さんが作るごはんがおいしゅうてな、誕生会なんか行くと、ご馳走が並んどる。わあ、寿司やあ思うたらキンパやったり、わあ、お好みやあ思うたらチヂミやったりで最初はびっくりしたけども、おいしかったから楽しかった。これ寿司ちゃうやんとか、お好みやないわとか言う子らには、そこのお母さんが一生懸命作ったごはんを残すな言うてよう怒りよったわ。

「ああ、腹減ってきたなあ、キンパ食いたいな」

「うちはチヂミ食べたい」

龍平は、もしかしてこの子らは、オレの話を聞いているようで、ただ単語だけを拾ってるんちゃうかと思ったが、ま、それでもいいかと思った。

孫たちは韓国料理が大好きだ。料理だけではなくドラマも映画も好きらしく、女の子たちには「推《お》し」もいて、「推し」の話をよく聞かされるけれど、龍平には、きれいな顔の韓流スターの違いがわからない。


楽しい時代やったな。オレが六歳のときに弟が生まれて、それから次々に、妹、また弟、妹、妹、と五人も生まれたから、それからのオレは放ったらかしにされて完全に好き放題の人生や。高度経済成長期やから大人たちは忙しいし、世の中全体が浮かれとったし、オレも浮かれとった。

長屋では毎日裸足で走り回っとって、かくれんぼなんかすると、押入れの天井開けて、屋根裏に入って隠れとった。長屋やから屋根裏はぜんぶつながっとるから、屋根裏から、二十軒分の家に自由自在に行き来できるんや。よその家が晩ごはん食べよるときに屋根裏から降りてきて、こらあ、汚れた足で家に上がるなあってよう怒られよったわ。

「え、どういうこと？」

「なんで人の家に勝手に入れるん？」

「あんな、長屋ちゅうのはな、つながっとるねん、家が。横に長いマンションみないなもんや」

「でも壁はあるんやろ」

「壁はあるで。でもその壁がつながっとんねん」

「ふーん。でもなんで行き来できんねん」

「天井裏から入れるんや」

「天井裏ってなに？」

「そっからか……。天井の上のことや。屋根と天井の間の空間や。昔の家は、押入れの中に入ると、その天井が開くようになっとってな、ちょうど人が一人分入れるくらいの出入り口があるんや。いまもあるはずやで。長屋はな、ぜんぶの家がつながっとるから、天井裏もつながっとるんや。せやから自分とこの家の二階の押入れから天井裏に入ると、横に長い秘密基地みたいな空間があってな、天井裏は狭くて立ち上がれんから、腹ばいになってずるずると進むと、隣の家や隣の隣の家やその先まで行けて、出入り口開けて押入れに飛び降りたら、よその家の二階に着地や。天井裏は埃まみれで汚れとるから、その汚れをぜんぶ身体に引っつけて降りてきよるから、どこの家に降りても怒られたもんや」

孫たちは、龍平から天井裏の話を聞きながら、それは本当に日本の話だろうかと思っていた。映画が好きな子は、外国の映画でそんなのを観たことがあるなあと思っていて、読書が好きな子は、江戸川乱歩の本でそんなん読んだなあと思っていた。

「宇野さーん、ごはんの時間ですよ」

お粥がのったトレイが運ばれてくる。

孫たちは、龍平の病院食を興味津々に覗き込む。

「じいじ、こんだけで足りるんか？」

お粥と味噌汁と小さな煮魚だけの夕食が、孫たちには不憫に思えたようだ。

「オレは一週間なんも食べとらんかったからな、胃やら腸がびっくりするらしいねん。せやからこっからやり直しやねん」

龍平がお粥をすする姿を見ているうち、孫たちは全員お腹が空いてきて、みんな迎えのクルマが来るのが待ちきれなくなってきた。病棟に漂う夕ごはんの香りに耐えられなくなった孫たちは、もう下に行くわ、また明日ねえと、それぞれ無邪気に手を振って、賑やかに病室を出ていった。

誰かの親が孫たちをピックアップしてくれるらしい。龍平の息子か娘か義理の息子か義理の娘かわからないが、孫たちが下にいたら、その誰かは病室に上がってこんやないかと寂しい思いにとらわれるが、ま、明日死ぬわけじゃなし、明日は明日の風が吹くとばかりに龍平は、量の少ないごはんを食べ終えて、また早々に眠りについた。

「宇野さーん、起きてますかあ？」

誰かのやさしい声で目が覚める。

龍平が重い瞼《まぶた》を開くと、真っ白い服を着たナースが、病室のカーテンを開けている。ここは天国か？　この女の人は天使か？　龍平はぼうっと考えている。

「宇野さん、お身体を拭きますね」

天使がもう一人入ってきて、龍平は病院着をくるりと脱がされた。

「いや、恥ずかしいやないかあ」

「私ら馴れてますから」

ナースたちは笑いながら、龍平の身体を濡れタオルと乾いたタオルで拭き上げて、手慣れた様子で病院着を着せてくれた。

「ああ、さっぱりしたわ、ありがとう、アンタら天使か？」

「やだわあ、そうです」

ノリのいい看護師さんたちと龍平が、きゃあきゃあとやりとりしているところに妻の清美が入ってきて、デレデレ顔の龍平を見てあきれている。

「アンタ、ずっと入院しとき」

「いや奥さん、それは困りますわ、はよ連れて帰ってください」

看護師さんたちと清美は、龍平をいらないモノのように押しつけ合いをして、おかしそうに笑い合っている。

「今日もまた学校帰りに孫らが何人か来る言うてたから、疲れるかもしれんから、きつくなったらちゃんとはよ帰れ言うんよ」

「わかった」

清美は、龍平が孫たちに甘いことを熟知しているので、疲れていても調子に乗ってしゃべり続けるんじゃないかと思って心配していた。清美は龍平のことをよく理解しているが、龍平は清美に言っていないことが山のようにある。龍平は、清美と知り合う前になにをしていたか、清美に言うと嫌われるんじゃないかと思って黙っている。清美はいつも、アンタが昔なにしてたか知りとうないと言うけれど、龍平は、あのころの自分の経験を、いつかは話してみたいと思っていた。

清美は、なにか言いたげな龍平の顔を見て、あ、またや、と思う。この人は近ごろようこんな顔するけど、あれやな、もう死ぬ思うて、私にしとる隠し事をぜんぶ言いたいんやろなと察している。でも別に私はどっちでもええねん。だってもう終わったことやから。

この人はわかりやすい人やから、浮気したときもすぐにわかったし、私と結婚するときに、大変なことはぜんぶ終わったとこや言いよったから、そんならそれでいいやん、いまさらこの人の苦労話を聞いたところでなにかが変わるわけではないし、と思っている。龍平の代わりに会社でやることはたくさんあるし、この人は元気そうやし、さて今日も一日きばらんといかんわと、清美はそろそろ会社へ行くことにする。会社といっても工場の裏手にある事務所だけれど、清美は、龍平の会社の経理や事務だけでなく、ペットショップも二店経営しているので、やることはたくさんあった。

「ほなまた明日な」

清美は軽く手を振りながら病室を出ていった。

龍平は、清美を見送ったあと、抗えない睡魔に襲われて、ゆるゆると眠りに落ちていく。

正午になり、賑やかな看護師さんたちにまた起こされて昼ごはんを食べ、また眠り、今度は男の子たちの声で目が覚めた。今日は、まずは男の子の孫たちだけで来たらしい。

「じいじ、もうすっかり元気やん」

「おう、元気や」

「心配したんやで」

「すまんな、ありがとう」

年ごろの男の子の孫たちが、点滴を替えているかわいいナースに見惚れている。思春期の孫たちはわかりやすくて面白い。

ナースが出ていくと、龍平は早速、孫たちをからかいはじめる。

「オマエら、彼女できたか？」

「そんなんおらんわ」

孫たちが真剣に怒っているのを見て、龍平は楽しくなり、ちょっと自慢をしたくなる。

「オレはな、六年生まで女風呂に入っとったんで」

「はあ？」

「犯罪やん」

「いまではそやな」

「誰も怒らんやったんか」

「うん、怒られたけどへいっちゃらやったで」

あきれ顔の孫たちをそっちのけにして、龍平の意識はまた子どものころの記憶へと飛んでいく。


オレはばあちゃん子でな、六年生まではばあちゃんと同じ布団で一緒に寝とったんや。銭湯には友だちと行ったりしよってんけど、ばあちゃんやオフクロに、身体洗ったるからはよおいでえって女湯から呼ばれてな、ホイホイと女湯へ行きよった。

友だちはみんな羨ましがっとったけども、オレは特になんとも思うてへんかってん。同級生の女の子たちから嫌がられても平気やったけど、ある日番台《ばんだい》のおばちゃんにつまみ出されてな、アンタいい加減にしいやって怒られて、それから行くのはやめたんや。それが六年生のときや。


「それは完全に犯罪やな」

孫たちが頷《うなず》き合っている。女の子の孫がまだ来ていないことを確かめて、龍平は先を続ける。

あと長屋にな、ストリッパーの女の人がおってな、その人にもなんや知らんけどえらいかわいがられて、オレはようストリップ小屋の楽屋に行きよったんや。せやからオレは女の人の裸には慣れとって、なんとも思わんようになってしもたんかもしらんな。

小学校の高学年になると、友だちがみんな女の人の裸に興味持ち出すから、オレは意気揚々と絵に描いてやったもんや。ここはこうなっとってな、ここはこうやでって描くと、へえ、すごいなあってみんな興味津々やった。ええなあ、女の人の裸見れてって、みんなオレに一目《いちもく》置いとったな。

ああでも、いまでも忘れん衝撃なことがあったんは、小学校一年生のときやった。ある朝、いつものようにばあちゃんと寝とったら、近所の人らの騒がしい声で目が覚めた。大変や大変やあって、おばちゃんらが家に入ってきて、長屋中が大騒ぎや。なんやなんやって起き出して外に出たら、アンタは行ったらあかんって大人らに止められてんけど、なにせオレはちっちゃくてすばしっこかったから、騒ぎの中心の家にするりと入っていった。

そしたらな、いまでも忘れん、部屋の真ん中で、鴨居《かもい》にネクタイで首つって死んではる人の姿が見えたんや。

ええっ……て絶句や。

「ええっ……」

孫たちも絶句している。

「首つり見たんかーっ」

孫の一人が言い、全員が驚きの目をして龍平を見る。

「見たで」

と龍平は、うっかり自慢げに言ってしまう。


茫然《ぼうぜん》と見とったらな、ばあちゃんが飛んできて、見たらあかーんて目え押さえられてんけど、もう遅い。オレは、生まれて初めて首つり死体を見た。ま、そんなん見る人おらへん思うけどな。

亡くなりはった人はストリッパーの女の人の旦那さんでな、奥さんがストリップする後ろでドラム叩いてはって、そこんちの子どもとオレは同級生やったからショックでな、ガーンって感じや。怖いとは感じひんやったけど、その光景は、大人になってもときどき夢に見て飛び起きてまうくらい衝撃やった。オレの頭の中にはその姿が刻まれてしもた。

ほんでオレはそのまま学校行って、今日な、首つり死体見てな、ってみんなに報告や。そしたらさすがに先生に怒られた。キミな、人が亡くなってんやから、そんなこと言うたらあかんってたしなめられた。そりゃそやな、オレはちょっとデリカシーに欠けた子どもやったんや。

「いまでも十分デリカシーに欠けとるで」

孫たちがそう言っている。そうかもしれんと龍平も思っている。

あそこの子どもがどうなったか、オレはずっと大人になるまで気にかかっとった。きれいな女の子やったから尚さらやな。聞くところによると、どうやら大人になって立派なダンサーになって、大きな舞台にいっぱい出たらしい。良かったなあ思うわ。

デリカシーには欠けているが、龍平はその分、思いやりのある人間になりたいと思っていた。なにかが欠けているならば、他のなにかで補えばいい。

「じいじ、中学生んときいじめられたって話、ほんまか？」

「ああ、そや、ちょこっとな」

「想像でけへんわ」

「なんや、オマエ、いじめられとんか？」

「いじめられてへんで、いじめられとる友だちがおんねん」

「そっか、そりゃ味方してやらんとあかんで。オレがいじめられたんは身体が小さかったからや。オレは小学校ではお山の大将で子分を従えとったけども、大きな中学校入ったら、他の小学校から来た連中が、お前らの大将は誰や言うてオレを探し出してきて、なんやオマエかってぼこぼこにやられたんや。ちっちゃいから体力では敵わんから悔しかったわ。でもそんなときに助けてくれたんは、在日の子らやった。オレら馴れてるからな、大したことないでって、いままで通り仲良くしてくれた。そいつらとはいまも仲いいで。友だちは大事にしいや」

「うん」

龍平は、いまでもずっと、小学校のころからの友だちと仲がいい。小学生のころ、同級生たちのことを子どもっぽくてつまらんなどと思っていたことは内緒にしている。

中学生になったばかりのころ、身体の大きな乱暴な子らに、カッターシャツをびりびりに切り裂かれたことがある。そのまま家に帰った龍平は、母親に、なんやどないしてん、とびっくりされたけれど、いやあ、柵に引っかけてなあとウソをつくと、アホかオマエは、の一言で済んだ。トイレに入っていたら上から水をかけられたこともあった。でもそのうちそんなことは気にならなくなってきて、いじめられても知らん顔をしていたら、いつの間にか誰も龍平に構わなくなった。

やがて龍平は部活に勤しむようになり、足が速かったから陸上部に入ったのだが、町では一番足の速かった龍平も、他の町からやってきた体格のいい子らには負けるので、それならと、やっている人の少ないハードルをやることにした。


「あれは奇数で跳ばなあかんねん」

「はあ?」

「ハードルや」

「なんのハードルや」

「陸上のに決まっとるやんけ」

ハードルをやるようになったくだりは、龍平の頭の中だけで進行していたので、孫たちは一瞬混乱したが、普段からあちこちに飛んでいく龍平の話には馴れていたから、全員すぐに追いついてくれた。

「じいじ、ハードルやっとったんか」

「せや、中学んときからな」

陸上部の先生に、オマエみたいなちっちゃいんがハードルできるんかと聞かれ、龍平は、できます、と勢いよく宣言した。

しかし、ハードルの間を普通は三歩で跳ぶところを、五歩でしか跳べなかった。

中学時代はこつこつと五歩でハードルを跳んでいた龍平だったが、高校生になったら少し背が伸びて、三歩で跳べるようになった。

「こつこつやってるとな、なんでもできるようになるんやで」

龍平は思い出す。ハードルを三歩で跳べるようになってからの自分の快進撃を。

オレはな、三歩で跳べるようになってから、大会に出るごとに自己新記録を更新や。ただな、大会でいつも会う強いライバルが一人おって、そいつには勝てへんで悔しくてな、そいつに勝つために必死で頑張った。

でな、一番大事な大会で、そいつがハードルに引っかかって倒れてん。ほんでオレが優勝してしもた。やったーって大喜びや。ま、棚ぼたやけどな。

しかしそれからのオレはなんか神がかってしもてな、大会で次々に優勝してな、オレは高校陸上の期待の星となったんや。強化選手にも選ばれて、なんと大学からスカウトもきた。

校長先生も顧問の先生も大喜びや。大学の特待生に選ばれるなんて、ウチの高校では初めてやって褒められて、校舎の屋上から横断幕がぶら下がったんやで。「宇野龍平くん、おめでとう」って。すごいやろ。優勝したときの賞状も五、六枚、校長室に飾られた。オレの未来はパーッと開けた。前途洋々《ぜんとようよう》や。

オレは、やろうと思えばなんでもできる思うてた。得意なことにちょっと集中して取り組めば、なんでも一番になれる思うてた。あのころがオレの人生の頂点やった。

龍平が、自分の絶頂期を思い出してうっとりとしていると、女の子の孫たちが、きゃあきゃあ言いながら龍平の病室に入ってきた。

「じぃじぃ」

龍平は、女の子がおると華やぐなあと目を細める。

「昨日より元気そうやね」

「ほんまや、顔色もええわ」

それぞれが本気で心配してくれている様子がわかり、龍平はとろけるような笑顔になる。孫たちが集まった病室で、一緒にわいわい騒いでいると、龍平は、自分も子どもになったような気になってくる。


「今度オレとスケート行かへんか」

「は?」

「あ、間違えたわ、オレはじいじやったわ」

「なにを間違えたん?」

「ん、なんや昔の話しよったら、一瞬自分が十代になったような気がしてん」

「ああ、びっくりしたわ、ボケたんかと思うたわ」

「いやあ、このごろはよう記憶が飛んでしもてかなわんわ」

「それをボケ言うんやで」

「うるさいなあ」

「じいじはスケートも習いよったんやろ」

「せやで、ブルジョアやったからな」

「貧乏やったって聞いたで」

「せや、貧乏なブルジョアや」

「ばあばとの初デートはスケートやったんやろ」

「よう知っとるなあ」

「じいじが前に教えてくれたんやんか」

「そうか?」

「あ、ボケとるわ」


龍平は二十歳のとき、清美と初めてデートした。清美は高校三年生だった。スケートが得意な龍平は、かっこいいところを見せようとスケートに誘ったのだ。すいすい滑って得意満面の龍平は、清美の目の前で、すこーんと派手に転んでしまったけれど、初デートはおおむね成功した。


でもな、オレは忘れもせん、人生初のデートのことを。

あのすっぽかされたデートのことを。

十五歳の冬のことや。

多分、相思相愛《そうしそうあい》やったはずなんや。かわいらしい子でな、オレはええとこ見せようとスケートに誘ったんや。オレは小学生のころからスケート教室通っとったからな、スケートは大得意やった。教室代はもちろん叔母さんの金で、高いスケート靴まで買うてもろた。

デートの日の朝、オレは意気揚々《いきようよう》とスケート場行ったのに、待てど暮らせど相手は来ん。寒い冬の日や、黙って待っとっても身体が冷えるだけやから、しゃあないから一人で、くそったれーって叫びながら滑りまくったわ。

ほんで次の日学校行ったら、その子が寄ってきて、昨日はごめんねえ、起きられへんかってーんって言いよった。

はあ？　やろ？

せやからオレは、もうええわって突き放した。そしたらその子が、なんやの、一回すっぽかしただけで怒ってえって言うから、一回でもすっぽかしたらいかんやろって言うたった。その子はそのあと、すぐにオレのツレとつき合いやがってな、くー、思い出しても悔しいわ。


「ええやんか、ばあばとのデートはうまくいったんやから」

孫たちは口々にそう言って龍平を慰める。

「私らはそのおかげでこの世におんねんやからなあ」

確かにその通りやと龍平は感心する。

あのころのオレはな、スケートだけやなく、スイミングスクールにも行きよった。ボーイスカウトにも入っとったんやで。すごいやろ。ブルジョア龍平くん。

あ、でもな、ボーイスカウトはすぐにやめてしもたんやった。叔母さんが、一年分の金を払うとるんやから最後まで行けって珍しく怒りよったけども、オレは団体っちゅうもんが嫌いでな、チームワークが無理やってん。

最初は大人しく言うことを聞いてみるんやけど、すぐにな、なんであいつらと同じことせなあかんねんってなる。リーダーの言うことなんか聞きたないからな、数ヶ月でギブや。

オレはほんまは柔道やりとうてなあ。テレビでやっとった『柔道一直線』に憧れて、叔母さんに頼み込んだけども、ダメや言われてな、ブルジョアの叔母さんの趣味には合わへんやってんやろな。

せやからオレは、自分で稼ごう思うて新聞配達をはじめてな、その金で柔道教室入って、すぐに鉄下駄《てつげた》買うてん。

「鉄下駄？」

「鉄でできた下駄や。足腰の鍛錬のために履くんや。重いんや」

「重い下駄？　なんや真面目なんかアホなんかわからんなあ」

オレは毎日鉄下駄履いてな、柔道一直線やあ言うて、どこ行くにも鉄下駄履いて張りきっとったら、銭湯行ったときに派手にこけてな、足の指の爪がはがれてしもた。大人たちに、オマエはアホか言われて、それで柔道やめた。朝早う起きるんもきつかったから、新聞配達もやめてしもた。


「やっぱりアホやったか」

「『柔道一直線』てアレやろ、足でピアノ弾くやつやろ」

「よう知っとるなあ」

「うん、動画サイトで観たわ」

「へえ、観れるんか」

「ちょっとだけな、その場面だけ」

「オレも観たいなあ」

「明日タブレット持ってきてやるわ」

「オマエらはなんでも持っとるなあ」

「ちゃんとバイトして買うたんやで」

「オレはオマエらくらいんとき、熱帯魚でひと儲けしたわ」

「熱帯魚?」

そう、熱帯魚。新聞配達して自分で稼ぐことを覚えたオレは、熱帯魚を飼いはじめた。そのころは熱帯魚がブームやったからな。

オレは小学生んときからオヤジの手伝いをさせられて、本格的に旋盤の仕事をやりよったけど、オヤジはバイト代も小遣いもくれへんからな、熱帯魚で金儲けしよう思いついたんや。

エンゼルフィッシュを繁殖《はんしょく》させてな、売りに行ったら思うてたより儲けが出た。ほんで今度は高級魚のディスカスを繁殖させたらもっと利益が出た。友だちはみんな、オマエの将来は熱帯魚屋やな言うとったけど、オレにとっては一時の金稼ぎや。

「でもじいじ、いまでもいっぱい熱帯魚飼うてるやん」
「まあな、あれはいま、じいじの趣味や」
「じいじは趣味が多すぎや」
「そうかあ？　まあオレは子どものころから好奇心が旺盛やからな、しゃあないわ」

オレの好奇心が大爆発したんはな、そう、オレが中学二年のときにはじまった大阪万博や。

オレは学校が終わって部活のない日は毎日のように万博に行った。雨降ったら部活が休みやから、朝起きて雨降っとったら喜んで、学校帰りに電車に乗って万博や。

アメリカ館で月の石を見たときは興奮したでえ。ソビエト館には本物の宇宙船があってな、まあびっくりや。動く歩道には何度も乗ったし、ケンタッキーフライドチキンなんて食べたときには、飛び上がるほどおいしかったわ。

未来の電話っちゅうて、携帯電話があってな、そんなもんほんまかいな思っとったけど、ほんまやったな。松下館なんかで、光ファイバーちゅうもんが世界を変えるって言うてて、なんでこんな目がチカチカするもんが世界変えんねんって思てたけど、これもほんまやったなあ。オレが万博で見た未来は、いまはぜんぶ現実になっとる。すごいことやなあ。新しもん好きのオレにとって、万博は夢みたいやった。

人間洗濯機っちゅうもんがあってな、透明なカプセルの中に、きれいな女の人が顔だけ出して入んねん。うわあ、服が脱げたら大変やあって思って見てたけど、終わったら服は脱げとらんやった。なんや乾燥までされとって、きれいなお姉さんはすっきりと出てきはった。あれは超音波洗浄とかいうて、いま、介護の機械に応用されとるらしいな。すごいもんや。

ある日、オレは万博で配っとったレギュラーコーヒーをもろてきて、長屋のみんなに自慢や。あんな、アメリカではこれ飲むねんでって言いながら、コーヒーの粉をお湯で溶かして飲んでみたら、これがまあ、粉がノドにまとわりついて、むせてしもて飲めたもんやない。

アメリカ人はようこんなん飲んどるなあ思いよったら、近所のおっちゃんが、あのな、これな、漉《こ》して飲まなあかんねんって教えてくれよって、台所にあった布巾で漉したら、今度は布巾の匂いがついて臭くて飲まれへん。

結局、センブリみたいにお湯で炊いて、上澄みだけ飲んだんやけど、本当のコーヒーの味なんて親でも知らんからな、ま、誰も知らんコーヒーを誰よりも早く飲めただけでオレは満足。自慢はでけたし、ええかって感じやった。


「センブリってなんや?」

「センブリ知らんか。お茶や。薬草やな。えらい苦い味でな、胃腸のクスリや言うて、よう飲まされたもんや」

「ハーブみたいなもん?」

「せやな、苦いハーブティや」


くそまずかったレギュラーコーヒーには一回で懲りたけど、オレは、半年の間に何十回万博に行ったかわからん。

オレはもう万博の隅から隅まで見て回って知っとって、ぜんぶの館でスタンプ押してもろとるし、顔馴染《かおなじ》みになったコンパニオンさんもおったくらいやから、学校の遠足で行ったときには誰より詳しかって、オレは颯爽《さっそう》とみんなを先導してやった。

万博の最終日は寂しゅうてな、オレは最後まで残っとったから、会場を出たら駅まで大行列でな、なかなか電車乗られへんで、結局、夜中の一時過ぎに家に帰ったのを覚えとる。万博は、オレに夢を見せてくれたなあ。楽しかったなあ。


「またあるやんか、万博」

「そやな。せやけどオレは見られるかわからん」

「なんで？」

「死んどるかもしらんやんか」

「じいじが死ぬもんかあ」

孫たちは口々にそう言うけれど、龍平には自信がない。

「もしオレが死んでも、オマエたちの中に永遠にじいじはおるからな」

「じいじ、なんや急に偉い人みたいなこと言うなあ」

「お母ちゃんが、じいじはまだまだ死なへん言うとったで」

「うっとこのお父ちゃんも言うとった」

孫たちが口々に励ましてくれるのが嬉しくて面白かった。

龍平はいま、孫たち一人一人の中に自分の一部を見つけていて、だから至極単純に、オマエたちの中にオレはいると言っただけなのだけれど、知らず知らずその言葉には哲学的な意味合いも含まれていたようだった。

「じいじ、一緒に万博行こうな。約束やで」

　そう言って、小さな女の子の孫が小指を立てて、龍平の布団の中の小指を探してくる。布団の中で、龍平の手はもぞもぞと動き、意を決して両手を出しながら、龍平は言ってみる。

「おまえら知っとるか。じいじの小指は曲がっとんねん」

　そう言って龍平は、昔、ヤクザ屋さんに小指を落とされそうになって、すんでのところでペンチで曲げられただけで済んだ両手の小指を見せた。

「ええ？　曲がっとるか？」

「わあ、曲がっとるわあ」

「ひゃあ、おもろいなあ」

　孫たちが全員、身を乗り出して龍平のベッドの上に寄りかかってきて、龍平のベッドが沈んだ。そういえば川に沈められそうになったこともあったなあと、いらんことを思い出しかけたが、そのとき、龍平の娘たちが病室に入ってきた。

「こら、アンタら、なんしよんねん」

「ベッドが壊れるで。弁償する金、じいじにはないんで」

「ベッド買う金くらいあるわい」

　龍平は言い返した。それを無視して娘の一人が言う。

「お父ちゃん、新しい社長がな、今日、銀行行くんやて」

「なんでや」

「融資の相談かなんかやないん？」

「そうか、アイツうまくやれるんやろか」

「お父ちゃんがはよ復帰してくれんと、まだまだあの子だけじゃ大変やで」

「そうか？　アイツはようやっとるで」

「そうやけども、お金のことはお父ちゃんがようわかっとるから」

「せやな」

「うん」

「はよ退院できるようきばるわ」


娘たちの弟である龍平の長男は、龍平が大きくした会社を継いでくれているが、なにせ苦労してへんからな、と龍平は思う。

子どものころから父親の仕事を手伝わされていた龍平は、中学生のころにはもう父親より旋盤がうまかった。部品の組み立てもうまく、父親がやるより龍平がやった方が性能が良かった。龍平が五台組み立てる間に、父親は二台しか組み立てられず、オマエなにやっとんねん、といつも思っていた。

オヤジは雑やったんや。オレが器用になんでもこなすから、すっかりオレを当てにして

しもてな。ようオレを朝六時に叩き起こして、オマエな、これ、今日あげんといかんねんて言う。オレは学校行きたいのに、この仕事あがらんと学校行ったらあかん言うから、しょうがなく仕事してから学校行きよった。

中学んときに受験勉強しよったら、職人は勉強せんでええ言うて、教科書取り上げられてな、むちゃくちゃ仕事させられよったわ。オヤジにとってオレは、息子というより働き手やったんや。ほんでオヤジは、オレに仕事さして酒飲んで寝とる。オレはそのあと黙々と勉強しよった。

ある晩、オヤジが寝たあと、オヤジが飲んどった日本酒を見て、おいしいんかなあって思って飲んでみた。

そしたらまあうまいやんけ！　オレはぐびぐび飲んでしもて、一升瓶の三分の一くらいあけてしもて、こりゃあかん、バレるわって、水入れてかさ増しや。

次の日学校行ったら、先生から、おまえ、酒臭いぞ、まさか酒飲んだんちゃうやろな言われて、飲んでません、昨日、粕汁いっぱい食べたんですって咄嗟《とっさ》に胡麻化《ごまか》した。オレは咄嗟のウソが上手に出てくるからな、なんとかなった。

その日は学校で、酔うてるんか酔うてないんかわからんけども、オレはいつもよりペラペラペラペラしゃべりよって、先生から、オマエ、一分しゃべらんとおられへんのかって言われたん覚えとるわ。オレはようしゃべる子どもやったんや。

「じいじはいまもようしゃべるやんか」

孫たちが全員でそう言う。

「三つ子の魂百までやな」

龍平がそう言うと、

「じいじ、三つ子やったんか」

と、小さな孫たちが驚く。話を続けたい龍平は、その間違いを無視した。


オレは最初な、飛行機のパイロットになりたかってん。

でも先生にな、勉強できな無理やで言われてあきらめかけてんけど、山梨に航空学校あるん知って、全寮制やし、こりゃいい思うて先生に相談したら、先生はそんならってその学校に問い合わせてくれた。

先生は資料もいっぱい取り寄せてくれて、よし、頑張るぞって思てオヤジにここ行きたい言うたら、そんな金あるかーって一言で終了や。月に七、八万やったけど、そんな金もないんかーって悲しゅうなってあきらめた。

そのころのオレはアマチュア無線にもハマっとったから、今度は通信系の高校行こう思うて、そこの推薦枠《すいせんわく》に入れてもろてな、一生懸命作文書いた。

勉強もそこそこできとったし、作文は得意中の得意やったから、高校入ってこんな勉強したいですってすらすら作文書いて国語の先生に渡したら、よう書けとるって感心してくれてな、これやったら推薦通るやろうって言うてくれた。

ほんで安心しとったのになあ、発表見たらオレの名前あらへんねん。

どういうこっちゃ思うて、作文が上手に書けとるから通るやろう言うてくれた国語の先生に、なんで落ちたんやって聞きに行った。

そしたら先生が、オマエな、内申書《ないしんしょ》がボロクソやったらしいぞって教えてくれた。内申書を書いたんはその先生やなくて担任や。国語の先生は、オマエが担任泣かすからやって言いよってな、まあ確かに、オレは担任を泣かしたことがあった。

あるとき、受験勉強とオヤジの仕事の手伝いでストレスの溜まっとったオレは、なんや忘れたけど担任と大喧嘩になったことがあって、音楽の先生しよった担任に、オマエがオカマみたいな先生やから勉強できんねん、くねくねすなあって、むちゃくちゃな文句言うてやり込めたことがあったんや。


「ほんまむちゃくちゃやな」

「先生を先生と思うてへん」

「先生もかわいそうやなあ、じいじみたいな生徒に当たって」

孫たちは教師に同情している。

「オレやってかわいそうやんか」

「そういうんを自業自得っていうんやで」

小さな孫にそう言われ、龍平はぐうの音も出ない。

ま、要するにオレは、素行と口が悪かったんやな。小さいころから腕力では勝たれへんやったから、いつの間にか口では誰にも負けへんようになっとって、しゃべり出したら止まらん。そしてその口が禍《わざわい》となってしもた。まあ、しゃあないな。

オレはすぐに切り替えて、ほんで次は国鉄に入って電車の運転手になろう思て、結局、工業高校の電気科に入ったんや。オヤジもオフクロも、オレが旋盤工の仕事を継ぐから工業高校の機械科に行くんやろくらいに思うとったみたいやけど、オレの目標は電車の運転手やから、電気系の免許がいるから電気科。せやけどオヤジもオフクロも、オレが卒業するまで、オレが電気科やってことを知らんやった。

まあオフクロは、オレの下に五人も子どもがおるし、忙しいからわからんのは納得やけど、オヤジには何回言うても聞いとらんやったからな。

高校行ったらすぐにな、オレが旋盤うまいっちゅう噂が流れてな、それを聞きつけた先生から機械科の授業に呼ばれてな、旋盤の実習でネジを切ったら、オレは先生より上手にできて驚かれたわ。そりゃそうや、オレは小学生んときから旋盤触っとるんやから。オレの腕はオヤジより上やし、オレが組み立てたもんをオヤジは納品しよったし、オレの腕がプロ級なのはあたりまえなんや。

「じいじは早うから手に職があってんな」

「ま、そうともいうな」

「そんでいまは社長なんやからすごいやんか」

「いまは会長やで」

確かに、結果的にはオヤジのおかげでいまがあると龍平も思っているが、あのころの龍平はそうは思っていなかった。


オヤジの仕事は雑やったけど、金儲けするために、ある日、自分が部品を納品しよったポンプを作る会社のノウハウを盗んでな、自分の会社を立ち上げよった。特許がなかったからいいようなもんやけど、やることが雑すぎや。いまやったら訴えられとるわ。

そんでオヤジは長屋の庭からちゃんとした工場に移って、その工場で、その盗んだノウハウでマット洗い機を作ってな、全国に納品に行くようになった。

オヤジが作ったマット洗い機は電気系統がよう壊れよってな、それをオレがちゃちゃっと直しよったら、オヤジが感心する。オマエ、機械科やのによう電気のことわかるなって言う。せやからオレは機械科やのうて電気科やって何回言うても聞いとらん。

ある日、オレは高校生やのに、学校休んで九州まで納品につき合うことになった。九州までクルマで行ったんやけど、道中ずっと喧嘩や。オマエはオレの会社を継ぐんやから言うから、オレは継がん言うて大喧嘩。しまいにはクルマ降りて取っ組み合いの喧嘩になった。

ほんで九州に着いたら着いたで大騒ぎや。当時は水不足やったから、マット洗い機は水をぶわーっと出して洗わないかんのに、節水のせいでマットが絡みついてしもて、オヤジは買ってくれた向こうの人と喧嘩や。うまくいかんのは機械のせいやない、水をもっと出せえ言うて。

しょうがないからオレが、まあまあ落ち着いてくださいって間に入る。オヤジは自分の意に沿わんことがあったらすぐに喧嘩しよってな、まあほんまにしょうもないオヤジやったわ。


「せやけどお父ちゃん、いつもお母ちゃんが、お父ちゃんはおじいちゃんにそっくりやって言いよるやんか」

娘が口をはさんでくる。

「まあな、よう言われる、オレは喧嘩はせんけどな」

妻の清美によると、龍平の父親はすぐに口に出して怒るけれど、龍平は口に出さないだけで怒るポイントは同じなのだそうだ。自分が一番正しいと思っているところなど、まったく同じなのだという。

確かにそうかもしれないと、最近の龍平は思っている。でも高校生のころは、そんなことは露ほども思っていなくて、それどころか正反対だとすら思っていた。

オヤジもオフクロもな、オレのことは放ったらかしやったから、オレは十六歳になったらすぐにバイクの免許取って、熱帯魚売った金で中古のバイク買うて、ちゃんと陸上の部活もやって、オヤジの手伝いもしながら、えらい忙しい高校生活を送りよったんや。

オレはそのうちモトクロスのレースをやるようになって、一緒に走りよった友だちが、オマエ、旋盤の機械が家にあるんやろ言うて、ちっちゃいチームを持っとるバイク屋のオヤジを紹介してくれた。

バイク屋のオヤジは、正規で頼んだら何十万もするようなバイクの部品を、オレに作ってくれ言うて、作ってくれたらバイクのチームに入れてやる言うから、オレはオヤジに見つからんように工場に行って、せっせと夜中にバイクの部品作ってバイク屋に渡しよった。ときどきオヤジに見つかってんけど、酔っぱらったオヤジは、おう、オマエ偉いな、夜中に旋盤の練習しよんかって、能天気に機嫌ようなりよったわ。アホや。

せやけどオレも、バイクの部品をタダでバイク屋に渡しよったから、オレもアホや。

いま思うとなんちゅうアホや思うけど、バイク屋のオヤジはすぐにチームに入れてくれたし、バイクの乗り方も教えてくれたから、オレはホイホイと部品を作ってタダで渡しよった。先輩たちにバイクの乗り方を教えてもらったオレはめきめき速うなって、速うなればなるほどしょっちゅうレースに出たくなる。でもレースに出るには金がいる。せやからオレは、焼き肉屋でバイトすることにしたんや。

学校の授業終わって七時まで陸上の練習して、八時から焼き肉屋でバイトや。焼き肉屋では賄いがもらえるからな、毎晩のように客の残した瓶ビールを飲みながら焼肉パーティや。楽しかったなあ。

「お父ちゃん、高校生やのに毎晩ビール飲みよったんか!」

娘があきれる。

「お母ちゃん、じいじは中学生のときからお酒飲みよったやんか」

龍平の話をずっと真面目に聞いていた娘の娘が娘に言う。

龍平は、あきれ顔の娘を尻目に続ける。

あのころのオレは、なんでもできると思うとった。

腕力での喧嘩には負けても、口では勝つ。どつかれても痛ないし、カツアゲも何回かされたけど気にせえへん。オレは基本的につるむのが嫌いやから、誰かとつるんで悪いことするなんてことは絶対にせえへん。でも人が常についてくるねん。

あのころのオレは、人生舐めとったな。

自分の思うたことはぜんぶできる思うとった。人生絶頂期の十八歳。

でもな、一つだけ、しるし、ゆうんか、予兆、いうんか、心ん中に、気いつけよっていう声は聞こえとった。

あれは忘れもせん、十八歳の誕生日の夜のことやった。オレは高校の同級生のバイク仲間と二人で国道を走りながら、追い抜き合戦しよってん。そしたらそいつがクルマに衝突してな、あと一回オレが追い抜いとったら、確実にオレがクルマに衝突しとるタイミングやった。

友だちは即死やった。友だちはオレの目の前で死んでん。

オレをバイク屋のオヤジに紹介してくれた友だちやった。ショックやった。

オレは特別にそいつと仲良うつるんどったわけやないけど、修学旅行に行ったときにな、なぜかそいつと二人で、フェリーの上で写真撮ってん。

その写真、二人ともえらい楽しそうでな、でもなんでそいつと二人で写真撮ってもろたんやろうっていまでも不思議や。そんな写真撮るような関係性ちゃうかってん。

いま考えたら、オレはそのとき、ちゃんと考えるべきやった。いまでもその写真を見るたびに、あんときオレはサインを見逃したんやなと思う。

友だちは、オレの代わりに天国に行ってくれたのかもしれんのに、オレは危ない道から遠ざかることを選ばんかった。このまま行くとえらい目に遭《あ》うでっていう警告を無視した。それまでもずっと怪我が続いとって、ウソついて陸上の練習を休みがちになっとって、もうウソを使い果たしとったのに、バイクのレースをやめんかった。

友だちが死んだんはえらいショックやったけど、あいつの分までっていう思いでレースに出たら、そこそこええとこまで行って、もっと頑張ったらちっちゃい大会で優勝するようにもなった。そしたらバイクの部品メーカーが、オレに部品を供給してくれるようになった。

バイク屋のオヤジから、オマエ、もっと大きいレースに出るならでっかいスポンサー探さないかんでって言われたけど、そんなん探せるわけもないから、焼き肉屋でバイトしながら夢を見とった。ああオレは、このまま行けば全国大会で優勝して、次はクルマのレースに出て一攫千金や、だめでも体育の先生くらいにはなれるわなんて思うとった。

いま思うと、ほんま、周りにちゃんとした大人がおれへんかったんやな。オマエ、それじゃあかんでって言うてくれる大人が一人もおらんやった。

勉強なんかちっともせんでも、ただ走っとるだけで大学行くん決まったし、バイクのレースも順調。それからな、人生初の……。


「人生初のなんや？」

「人生初のな」

「なんや？」

「春が来てん」

「？」

龍平は孫たちに、女性との初体験を話してもいいものか一瞬迷った。

娘たちは、やめてくれというような目配せをしてきたが、龍平は続けることにした。

焼き肉屋の近所にな、ごっつきれいなお姉さんが住んどって、オレはそのお姉さんに誘われたんや。きれいなお姉さんがな、オレに、お兄さん、寄ってきって言うんやで、そりゃあもう有頂天や。あんなきれいなお姉さんがオレに興味持って誘うてくれとんや、そりゃもう行くしかない。

オレはな、それから毎日、きれいなお姉さんのところに入り浸《びた》りや。夢のような日々やったなあ。それがまさか地獄の入口になるとも知らんと、オレは毎日ウキウキ浮かれとった。

「年上の彼女ができたんやね」

女の子の孫が言う。

「うーん、彼女っていうか、ま、そういうことにしとくか」

小さな孫たちは無邪気に聞いているが、大きな孫たちは複雑な顔をしている。娘たちにいたっては見事なあきれ顔である。

ある日な、お姉さんがな、アンタ、今日で最後やで、明日からは来たらあかんでって言いよった。なにがあっても絶対に来たらあかんって何回も念を押して言うねん。

なんでやっていうても理由を教えてくれん。なんでもええから来たらあかんの一点張りや。

でもオレはそのころ、見事な浮かれポンチやったから、なーんも考えんと、次の日もお姉さんの家に行った。

ほんでいつものようにお姉さんの家の玄関を開けたらな、目の前に、裸の男の背中が見えた。

「え？　彼氏がおったんかあ？」

「うーん、ま、彼氏っていうか、そういうことにしとこ」

「？」

その男の背中には、それはそれは立派な龍の入れ墨があってな、オレは一瞬でなにもかも理解した。

ヤバい、逃げな。

そう思うて、あ、間違えましたあ言うて玄関を閉めようとしたら、お姉さんの飼い猫が、みゃーんってオレに走り寄ってきよった。

お姉さんの猫が、オレの足に懐っこくまとわりついてきたもんやから、入れ墨の男も一瞬でなにもかも理解しよった。

「ほう、ワシには懐かん猫が、オマエにはよう懐いとるんやな。オレの女のことも世話になったみたいやな」

入れ墨の男は、お姉さんとオレと猫を見て、半笑いでそう言いよった。

オレは腰が抜けそうになって動けへんで立ちすくんどったら、でっかい入れ墨の男が服を着ながらオレに近づいてきた。

そして、オレの首根っこをつかんで、ちょっと来てもらおかあ言うて、外に待たせとった運転手つきの黒塗りのクルマのところにオレを引きずって行った。運転手の他にも、いかにも柄の悪い若い男が二人おって、オレはそいつらに囲まれた。


「え？　じいじ、ヤクザに捕まったってことか？」

「そういうことやな」

「きれいなお姉さんは、ヤクザの奥さんやったんか？」

「うん、ま、そういうことにしとこ」


龍平は、知らなかったはいえ、ヤクザの女に手を出してしまった。

ああ、オレの人生は終わったと、龍平は目の前が真っ暗になった。

黒塗りのクルマに乗せられながら、恐怖で回らなくなった頭でぼんやりと、オレは殺されてしまうんやろかと考えていた。

怒りに燃えている入れ墨の男の隣で、小さい身体をますます小さくしていた龍平は、男の手下のチンピラたちも緊張している様子を見て、これはただ事では済まされないだろうと悟った。

猫が、あの猫が、オレに懐いてさえいなければ……。

龍平が後悔するポイントはちょっとズレていたが、龍平の思考は、猫が飛びついてきた瞬間の恐怖から止まっていた。


「よし、アンタら、帰る時間やで」

娘たちがそう言って、龍平の話を強制終了する。

「ええ、いまええとこやのに」

「また明日にし」

娘たちに促され、孫たちがしぶしぶ病室から出ていくと、娘たちが戻ってきた。

「お父ちゃん、子どもたちに変な話せんとって」

「せやで、なんでも真に受けるんやから」

娘たちに抗議され、龍平はしゅんとなるが反論する。

「オマエたちかて面白そうに聞いとったやんか」

「まあな、おもろいけど」

「それに変な話やのうて、オレの人生を語りよるだけや」

「ふーん、人生ねえ」

「せや、オレの人生や」

娘たちは顔を見合わせて、あきらめたように頷き合った。

「お父ちゃんの人生ならしゃあないわな。でもくれぐれも変なことは教えんとってね」

「わかった」

娘たちが出ていき、病室は静かになる。

静まり返った病室で、龍平はあの日のことを再び思い出していた。

あの日を境に自分の人生が変わったことは、火を見るより明らかだ。

でもそれを後悔しているかと問われれば、すぐに答えることはできないだろう。

龍平自身、それが運命なのか宿命なのか、見極めるのが難しかった。

第二章　栄光と転落

龍平が目覚めて四日目、近ごろの病院は退院を急かすけれど、龍平にはまだ退院の許可は出なかった。午前中は若い理学療法士が車椅子で迎えに来てくれて、龍平はリハビリ室で、とにかく歩く練習をしている。

理学療法士に、手取り足取り、はい上手に歩けましたと褒められて、オレは赤子ちゃうでと思いながらも、もともと弱っていた足腰が、一週間の寝たきりによってますます衰えているのは紛れようもない事実。一歩踏み出すのにも少しだけ勇気がいる。

最初の一歩が肝心で、ほんの数センチ（いやもしかしたら数ミリ）着地点を間違えると、次の一歩でぐらつき、数歩先で転びそうになる。正しい歩き方なんて、いままで考えたこともなかったけれど、これまで無意識に行っていた両脚の動きが、いまとなっては奇跡的な動きに思え、歩くことの大切さを実感している。

人生と一緒やな、龍平はそう考える。大いに踏み外してしまった一歩から、よくぞここまで立て直したものだと、自分自身を褒めたくなる。

午後、妻の清美が、手に重箱を持ってやってくる。

「もう普通のごはん食べられるんやろ。学校帰りに孫たちも来るんやろ。おにぎりやらなんやら詰めてきたから、あとでみんなで食べ」

「おう、助かるわ」

龍平は、さっき食べた薄味の昼ごはんだけでは物足りなかったので、妻の作ったおにぎりと卵焼きを早速口に運んだ。

「従業員の子らがな、アンタの退院祝いをいつにするか、もう決めようとしよったで」

「ほう、そうか」

龍平は、大事にしている従業員たちが、そんなことを考えてくれていると知り嬉しかった。

「うっとこの家族もみんな快気祝いするつもりで張りきっとるで」

「オレは人気もんやなあ」

「単純に酒盛りしたいだけ違うの？」

清美が笑う。

龍平は、中学生のころに酒の味を覚えたが、いまはもうほとんど飲まない。けれども酒飲みの血を引いた子どもたちは、昔の龍平のようによく飲んでいるようだった。

「ほなまたな、ええ子にしとるんやで」

清美が龍平を子ども扱いしながら帰っていった。

龍平は、隣の患者さんに、お一つどうですかと清美のおいしいおにぎりを勧め、ウチの家族がうるそうてすんませんと謝る。

「いえいえ、楽しいですわ。うっとこの家族なんてまったく来ませんから」

隣の患者さんは、鮭のおにぎりを一個手に取った。

「ほんまですわ、羨ましい限りですよ」

斜め前の患者さんも同意する。彼は龍平のベッドまで、明太子のおにぎりを取りに来てくれた。

「ところで宇野さん、ヤクザの女に手え出したあと、どないなりましてん」

二人とも、龍平が孫たちに語っている話を聞いていたようだ。昨夜はなんとなく聞きづらくてそのまま眠ったが、今日はお孫さんたちが来るのが待ちきれなくて聞いてしまいましたわ、と言った。

龍平は、二人に両手の小指を見せる。

「指はありますねんけどな、ほれ、この通り、曲げられたんですわ」

「はあ、そりゃ大変やったですなあ」

大変どころの騒ぎじゃなかった。

あのあと龍平は、ヤクザの事務所に連れていかれ、怖い人たちに囲まれて、とにかくビビりまくっていて、いまにも卒倒しそうだった。

龍平は、記憶の底に封印してきたあの日のことを思い出す。


「兄ちゃん、指詰めるか?」

背中に龍の入れ墨のある男が、笑いながらそう言った。

そして龍平に、なにやら指詰めセットのようなものを見せてくる。タコ糸やドスの入った木の箱は、大工道具セットのようにも見えた。

入れ墨の男が、愉快そうに説明してくれる。指を詰めるには、タコ糸で指を縛って止血して、しびれて感覚がなくなってからドスで落とすのだと言う。ヤクザ映画で観るのとは違い、結構時間をかけて指を落とすのだと教えてくれた。

それを聞き、龍平の太ももに、生温かいものが流れた。龍平はおしっこを漏らしたのだ。人間、ビビると漏らすんやなあと、頭の片隅で冷静に思っていたけれど、龍平の思考は恐怖でフリーズしていた。

「指だけは堪忍してください、なんでもします」

龍平はひたすら頭を下げ、やがて土下座をした。素人のオレが小指を落としても、なんの箔もつかないと思っていた。

「そやな、兄ちゃんもまだ若いしな、堪忍したるか」

入れ墨の男はそう言って、今度はペンチを出してきた。

小指を落とされずに済んだと安心したのも束の間、ペンチを見てまた龍平は震え上がった。

龍平はあっという間に怖い人らに押さえつけられて、まずは右手の小指を、ぐいっとあらぬ方向に曲げられた。

「うぎゃあぁ」

「片手だけやとカッコ悪いやろ」

入れ墨の男はそう言って、左手の小指にも同じことをした。

痛いなんてものではなかった。

しかし、龍平は完全に恐怖心に支配されていたから、恐怖心が痛みに勝った。指を曲げられ、もうこれで終わったのだという安堵感も湧いてきて、激痛にも耐えられた。

「よし、これで水に流したろ。二度とオレらの前に顔見せんなよ」

入れ墨の男がそう言ったので、龍平は心の底からホッとした。事務所から追い出され、またクルマに乗せられて、やっと家に帰れると思って安堵した。

「兄ちゃん、臭いんや」

「はあ」

「ションベンの匂いが臭すぎや」

「はあ、すんません」

クルマの中で龍平は、小さくなって謝り倒すしかなかった。

「きれいにしたろか？」

急にそんなことを言われ、龍平は、クリーニング屋にでも連れていってくれるのかと思い、この人たちは案外ええ人たちなのかもしれないと思った。

「ほら、川に飛び込んだらきれいになるんちゃうか」

ちょうど橋の上を走っていたクルマが、橋の真ん中ですぅーっと止まった。

「ここ飛び込んだらきれいになるで」

「え、落ちゆうことですか？」

「せや、落ち」

「え」

「ほら、水に流したるから」

入れ墨の男がそう言って、橋の下の川を指差す。夜の川は真っ暗だった。

龍平は、クルマから引きずり降ろされた。

「は？　飛び降りろってことですか？」

「せやなあ、オレらが押したってもええけどな、そんなことしたら犯罪やからなあ」

怖い人らはのんきそうに言ったけれど、龍平には、この人たちに逆らったら今度こそ小指を落とされるとわかっていた。

「はよ落ちんかあ、こらあ」

怖い人らがだんだんと苛立ってくるのがわかった。

龍平は覚悟を決めた。

龍平はもう生きることを完全にあきらめ、死ぬつもりで真っ黒な川へ飛び込んだ。

クルマが走り去った。

川の水は冷たかった。

川底まで落ちた龍平は、もうこれまでや、オレの人生、十八年で終わりや、なかなかいい人生やった……。そう思いながら、ただ水の流れに身を任せていた。

しばらくすると龍平の身体が、ゆっくりと浮かび上がりはじめた。

小指の痛みが、救命胴衣の代わりとなって、龍平を水面まで浮かび上がらせる役目を果した。痛いから上げる両腕が、龍平の身体を引き上げるブイとなった。もし指が痛くなかったら、飛び込んだときに意識を失っていたかもしれない。

龍平はやがて、真っ暗な水面に顔を出した。プハーっと息を吸い、夜の空気を肺に入れる。必死で泳ぎ、岸へとたどり着いた。

（ふう、助かった……）

龍平は、岸に這い上がったけれど、助かったら助かったで、これからどうすればいいのかわからなかった。

「はあ、助かって良かったですねえ」

隣の患者さんが安堵している。

「いやあ、ほんまですわあ」

斜め前の患者さんもホッとしている。

龍平は、二人の顔を交互に見てから言った。

「きれいなお姉さんが、もう明日から来たらあかん言うたのは、入れ墨のお兄さんが刑務所から出てくるからやったんですわ」

「なるほど」

「せやのにオレは、そんなこと知らんと行ってもうて」

「そのお姉さんも教えてくれはったら良かったのに」

「お姉さんは、自分はヤクザの女や言いたくなかったんちゃいますかね」

「なるほど」

「自分の男が刑務所に入ってしもて暇やったから、オレを誘ったんでしょう」

「なるほど」

「明日からは街で会っても知らん顔してなって言われとったのに」

「高校生にはなんのことかわかりませんわなあ」

「そうですわ」

「で、それからどうしましてん？」

「それからまた焼き肉屋へ行ったんですわ」

「え？　行ったらあかんのじゃ……」

「冷静に考えたらそうなんですけどな、なにしろ若かったし、アホやったし」

龍平は、ヤクザ屋さんたちに、もうオレらの周りをうろつくんじゃないぞと言われたのに、のこのことまた焼き肉屋へ行った。びしょ濡れで電車にも乗れないし、家にも帰れないし、行くところがなかったのだ。

全身ずぶ濡れで、腫れ上がった両手を抱え、龍平は焼き肉屋へ行った。龍平の姿を見た厨房の人たちは驚いていたが、こんなことには馴れているのか、これで冷やせと、冷凍のミックスベジタブルを渡してくれた。濡れた服を脱ぎ、コック服に着替え、しばらく両手を冷やしていると、今度は龍平の腫れ上がった指に、割りばしを添え木にしてガムテープを巻いてくれた。

「あんときにちゃんと病院行ってたら、こんな不細工な指にならんで済んだんでしょうなあ」

龍平は、自分の曲がった小指を見る。

あのときは、病院へ行くなんて考えはまったく浮かばなかった。

龍平は朝まで焼き肉屋で過ごし、家へ帰って着替え、また焼き肉屋へ行った。こんな指では学校へ行けないし、さすがの龍平も、この無様な武勇伝を友だちに話す気にはならなかった。

毎日黙々と焼き肉屋へ通った。朝から仕込みを手伝い、痛む指でタマネギの皮を剥き、肉を切った。

そして指の腫れも徐々に引いてきたある日。

「見つかったんですわ」

「え」

「あんときのお兄ちゃんたちに」

龍平が焼き肉屋の裏で休憩していたら、あの日、龍平を連れ去ったチンピラのお兄さんたちが通りかかった。

「オマエ、なんしよんねん」

「えっと、バイトですけど……」

「はあ?」

お兄さんたちはキレかかった。

「オマエな、オレらの前に二度と顔見せんな言うたよな」

「あ、はい……」

「なんでおんねん」

「えっと、すんません、金稼がんといかんもんで……」

「はあ?」

お兄さんたちは、有無を言わせずまた龍平をクルマに押し込んだ。

(ああ、今度こそ小指がなくなる……)

龍平はまたしても絶望した。

なんでオレはのこのこと焼き肉屋におってんやろ。いまさら反省してもあとの祭り。クルマはまた事務所へ着き、龍平は入れ墨の男と再会した。

「こいつまたこの辺でウロウロしてましたぜ」

チンピラのお兄さんが入れ墨の男に言いつける。

「ほう、オマエ、オレを舐めとんのか?」

入れ墨の男はそう言って、龍平を睨みつける。

「すんません、金稼がないかんもんでしょうがなくて……」

「なんで金稼がないかんのや」

「バイクのレースやってまして、金がいるんです」

「ほう、オマエ、レースやっとんのか」

入れ墨の男の態度が和らいだ。

「ほな、スポンサー紹介したろか?」

「え?」

思わぬ展開に、龍平の頭は混乱した。

(オレはこの人の面子を潰したのに、この人は許してくれるんやろか……)

ヤクザ屋さんの世界では、自分の女を寝取られたことだけでも面子が潰れるのに、その上、二度とうろつくなと言われていたのに龍平はうろついていた。そんな目障りな小僧にスポンサーを紹介してくれる?

龍平の理解が追いつかないうちに、またしても龍平はクルマに乗せられた。それからクルマは洋品店の前に止まり、龍平はお兄さんたちからスーツを見繕ってもらい、その場で着替えさせられた。

それからお兄さんたちと一緒にバイク屋へ行き、バイク屋のオヤジにもスーツを着るように言い、わけのわからぬままスーツを着たバイク屋のオヤジと龍平は、高級クラブへと連れていかれた。

ラウンジと呼ばれるきらびやかなフロアで、新品のスーツを着た龍平は明らかに浮いていた。でもそんなことよりびっくりしたのは、あのお姉さんが、きれいなドレスを着てその場にいたことだった。

「あら、アンタ、生きとったんかあ、良かったあ」

お姉さんは、龍平の元気な姿を見て、心底ホッとしているのがわかった。

「お、お姉さんもご無事で……」

龍平は、お姉さんと話しているところを入れ墨の男に見つかってはいけないとビビりながら、そっとお姉さんに声をかけた。

「うん、うちは無事やけどな、明日、売られんねん」

「え？」

そのとき龍平は入れ墨の男に呼ばれ、お姉さんから離れた。

（売られるって……）

龍平は、あとあとになってやっと理解した。高級クラブで働いていたお姉さんは、入れ墨の男が刑務所へ入っていた間に龍平と通じた罰で、風俗店へ売られていったのだ。

（オレのせいで……）

龍平は、それを理解したとたん罪悪感に襲われたが、のちにその顛末を教えてくれたチンピラのお兄さんたちによると、ええねん、もともと好きもんやからオマエを誘うたんやからと、彼らは龍平を慰めてくれたわけではなかったのだけれど、龍平の罪悪感は少しだけ軽くなった。

いまでもときどき、あれは誰のせいでもなかったんやと自分に言い聞かせるけれど、お姉さんのその後の人生について思いを馳せるときがある。

龍平の脳裡に、見たわけではないのに、お姉さんが売られていく風景が刻み込まれていて、その光景を思い出すたび、悪かったなあと思ってしまう。

それからの龍平は、ついつい女の人に親身になりすぎて、よく騙されたりお金を巻き上げられたりすることになる。


「おい、オマエ、こっち来い！」

入れ墨の男が龍平を呼ぶ。

「こいつですわ」

入れ墨の男が、恰幅のいい、金回りの良さそうな高級スーツを着た男に龍平を引き合わせた。

「オマエ、バイクのレースしよんやて？」

「あ、はい」

「どんくらい速い？」

「えっと、何度か優勝してます」

「ほう、そうか」

高級スーツの男は龍平を値踏みして、周りにはべらせた女の人たちに聞く。

「どや？　こいつ、いけるか？」

「ええん違います？　すばしっこそうやし」

龍平は奴隷市場で値踏みされているような気分になった。

高級スーツの男は、バイク屋のオヤジにも同じ質問をする。

「どや？　こいつ、いけるか？」

「は、はい、こいつには才能があります。全国狙える思います」

場違いな席で縮み上がったバイク屋のオヤジは、へつらいながらそう言った。

「よっしゃ、ワシがスポンサーになったろ」

「え……」

わけがわからぬまま、龍平は高級スーツの男の横に座らされ、高そうなウイスキーを飲まされた。元来いける口ではあったが、そのときは酒の味などまったくわからなかった。

高級スーツの男は、ラウンジのお姉さんたちに、今度のレースに招待してやる、パドックに入れてやるからきれいな格好してこいよと、まるで競馬場のパドックにでも行くような口ぶりで言った。そのころはまだレースクイーンもいない時代だったから、こういうスポンサーが連れてくるお姉さんたちが、レース場を華やかに彩っていた。

そうやって、龍平にはスポンサーがつき、今度の大きなレースで優勝を目指すことになった。バイク屋のオヤジは、自分がお金をもらえるかのように喜んで、ウイスキーを飲みすぎて泥酔していた。

　高級スーツの男は、金融屋の社長だった。


「なかなかの波乱万丈ですなあ」

「えらい強運とも言いますか」

　同室の患者さんたちが感心している。

　龍平は、これまで誰にも話さなかったことを、たまたま同じ病室にいるだけの他人に話してしまった。人に話すと、あのときのことが、昨日のことのように思い出される。

　そのとき、龍平の孫たちが大挙して病室へ入ってきた。

「じぃじぃ」

　女の子の孫がかわいらしく龍平を呼んでいる姿を見ると、さっきまで話していた世界が嘘のように思える。

「あれからどうなったん？」

　男の子の孫が、昨日の話の続きをせがむ。

「どこまで話した？」

「ヤクザ屋さんに捕まったとこまでや」

　そうだった。でも失禁した話は隠しとこ、さてどっから話すかな、と龍平は思案した。

「アンタらのおじいさんはな、ヤクザ屋さんに捕まったけど、えらい運がええからな、ヤクザ屋さんにスポンサーになってもろてんで」

　隣の患者さんが助け舟を出してくれたので、龍平は助かった。

「そうなんや。オレはな、ヤクザ屋さんのとこに連れてかれてな、小指を落とされそうになったり、川に落とされたり、いろいろあってんけど、オレがバイクのレースしよることがわかったらな、ヤクザ屋さんの知り合いの金融屋さんが、オレのスポンサーになってくれてな、オレは一ヶ月後のおっきなレースに出ることになったんや。

　オレはとにかくこのチャンスをものにせんといかんから、とにかくバイクが一番。バイクの練習の合間に学校行くような感じやった。その間に、陸上で進学が決まっとった大学の強化合宿にも行ったし、あのころのオレはまさにスーパーマンみたいやった。

　そしてレースの日。

　オレは簡単に決勝まで行ってな、決勝で三位以内に入ったら鈴鹿デビューや。オレは勝てる思うてた。ピットにテント立って旗も立って、きれいなお姉さんたちがいっぱいおって、オレはスポンサーの社長の完全な飾りもんやったけど、ちょっとしたスター気取りやった。

　いよいよ決勝のスタートや。

　オレは順調に先頭集団におって、最終コーナー直前で二位。トップと僅差《きんさ》やったから、よし、トップのやつがブレーキ踏むまで踏まんとこ思って、ぎりぎりまでブレーキ踏まんやったら、向こうもそう思とった。

そんで最終コーナー、ブレーキ踏むんが遅かった先頭二台は、カーブを曲がれんで見事に吹っ飛んだ。

向こうは横に逃げたけど、オレは逃げきれんで、吹っ飛んで落ちてきたバイクの下敷きになった。ツーサイクルのバイクやから、エンジンが切れへんで、オレの足が二十五馬力のエンジンにはさまった。皮のブーツがボロボロや。オレの左足の小指は肉団子。薬指は折れた。


「えええー」

「ひゃあ」

「じいじぃ」

孫たちが大騒ぎする。

「痛かったぁ?」

「そりゃ痛かったわ」

孫の一人が布団をめくり、龍平の足の指を確認する。

「ある。指はある」

龍平はすぐに病院へ運ばれたけれど、そこにいたのはどうやらもぐりの医者だったようで、折れた左足の薬指は、反対向きにつけられた。

「関節が曲がらんやろ」

「わ、ほんまやあ」

龍平の左足の薬指は、半世紀以上、反対向きについている。

医者に抗議してんけどな、ええやん、見えへんから言うて取り合ってくれん。そもそもスポンサーの金で入院しとるから、オマエ、金払わんのやから文句言うな言われて、オレもそれ以上なにも言えへん。

スポンサーの社長は大激怒や。そりゃそうやな、最初のレースで事故してもうたんやから。オマエ、ワシの顔に泥塗りやがって、金返せーって怒りよって、そりゃそやな。

そんでオレは、スポンサーの金を受け取ったバイク屋のオヤジに、金返してくださいうたら、そんなんない言われた。

金受け取ってまだ一ヶ月やで。そんなことあるか？

「え、バイク屋の社長が使ってしもたゆうこと？」

「そや、そうゆうことや」

バイク屋の社長は、いきなり大金を受け取って、自分の店の借金を返したり、博打の借金を返したり、あっという間に大金を使い果たしてしまっていた。

龍平は、スポンサー料を返せとわめく社長に平謝りするしかなく、またしても目の前が真っ暗になった。足を怪我してしまったため、もう陸上もできない。大学進学の話も泡となって消えた。退院してから学校へ行くと、校長先生も激怒していて、オマエ、退学届けを出せと言う。

オレの栄光の記録、数々の賞状が、校長室から外されとってな、校長先生が、こんなんいらんから持って帰れえ言うて、賞状をバラまきよった。オレはそれを拾い集めて持って帰ってきた。いまでも家にあるで。

悪夢のはじまりはそっからや。

十八歳の秋。

大学もパア。就職も決めてへん。借金も背負うてしもた。

怒りを少し鎮めたスポンサーの社長が、オマエ、行くとこなかったらオレんとこで働けって言うてくれた。

そんでオレは高校生なのに、金融屋の社長んとこに預けられることになったんや。金融屋ちゅうのは、ヤクザ屋さんの上の方に位置しとってな、ヤクザ屋さんにもいろいろ組織があって、なかなか複雑な上下関係があんねん。とりあえずオレはその金融屋さんのナンバー2の人に預けられたんや。

「じいじはヤクザ屋さんになったん?」

「ちゃうで、預けられただけや」

「預けられるてどないなこと？」

「うーん、借金返すまでそこで働くいうことや」

「売られたちゅうことか？」

「うーん、監視下に置かれたっちゅうことかな。借金返すまで逃げられんっちゅうことや」

「大変やったなあ」

　孫たちが口々に慰めてくれる。

　いまと同じようにあのときも、入院中だけがいっときの慰めやったなあと思う。入院中はとにかくいろんなしがらみから逃れられ、怪我の治療に専念できる。怪我が治ったらきびしい現実と向かい合わねばならないが、あのころの龍平のベッドサイドにも、いつもたくさんの人がいた。


　入院しとったとき、友だちがぎょうさん見舞いに来てくれてな、オレの病室は毎日賑やかやった。オレはそんときつき合いはじめたばっかりの彼女がおってんけど、すぐに飛んできてくれてなあ。甲斐甲斐しくなんでもしてくれて、それこそオマルまでほかしに行ってくれた。ええ彼女やろ。

　でもな、来たのは最初の数日だけや。そのうち顔を見せんようになって、どうしたんやろ思いよったら、友だちが来てな、あいつ学校やめるらしいぞって教えてくれた。

ええ？　なんでやって聞くと、オマエのせいやんか言う。

オレがバイクで事故したせいかと聞くと、そんなんでやめるかいなとあきれられた。

オマエわかっとるやろってみんなが言うから、わからんわーってオレがぶち切れそうになったら、ほんまにオマエ知らんのか言うて、みんなが神妙な顔しよった。

オレが初めてちゃんとつき合った彼女はな、なんと妊娠しよってな、それで学校をやめることになったらしいわ。

ほら、オマエのせいやんかってみんなが言う。

え……、オレな、あの子とは手ぇしか握ってへん……。

オレがそう打ち明けると、ほんまか？　じゃあ誰の子やねんってみんな遠慮のうしゃべりよったけど、オレはショックすぎて目の前が真っ暗や。ただでさえすでに真っ暗な未来が、暗黒になった。

初めてできた彼女に裏切られてな、オレはもう二度と素人とはつき合わんと決めた。オレの心は荒《すさ》みきった。もうなるようなれって、やけのやんぱちや。

二週間ほど入院しとったけど、ヤクザ屋さんたちから、人手が足らんからはよ出てこい言われて、ほんで退院して最初にやらされた仕事がテキヤの手伝いやった。


「なんや嫌あな感じになってきたなあ」

「せやろ」

「じいじはヤンキーやったんか？」

「ええ質問やな。オレはまったくヤンキーやなかった。ヤンキーの友だちもおったけど、そいつらとつるむわけじゃない。つるむん嫌いやったしな。真面目な陸上部の友だちもおったし」

「じいじがヤクザ屋さんに預けられたとき、誰も助けてくれんやったんか？」

「うん、オレも誰にも言わんやったしな、あんときにちゃんとした大人がおったらなあとつくづく思うわ」

あのとき、すっかり天狗になっていた龍平を諫めてくれる大人は一人もいなかった。なんでも話せる相手が一人もいなかったから、身に降りかかってきた災難を嘆く相手もいなかった。

そして龍平は、金融屋のナンバー2の人に、ひそかに畏怖の念を抱いていた。その人はちっともヤクザな感じはしなかったし、頭が良さそうだし、感じも良かったのだ。

しかし龍平が一緒に働く相手は彼ではなかった。

「テキヤってなぁに？」

小さな孫がかわいらしい声で聞く。

「あんな、お祭りんときにヨーヨーとか綿アメとか売っとるやろ、そんなお店をやっとる人のことや」

「じいじは、お店屋さんになったん？」

「そやなあ」

「ええなあ」

龍平は、苦笑するしかない。

高校三年生の龍平は、学校へ行くふりをして、私服を持って家を出る。そのまま公衆トイレで制服から私服に着替え、秋祭りの行われている地域へ行き、人手の足りない店の手伝いをする。

龍平は要領が良かったので、なんでもソツなくこなしていたが、龍平が感心したのは、現場をよく観察し、その場を一瞬で取り仕切っている人を見たときだ。

その人は、どの店の人がどこから来たのかを一瞬で把握し、遠い所から来た人たちにはいい場所を与えてやり、電気が必要な店は電源の近くに、水が必要な店には水道の近くに、それぞれの店の配置を一瞬で決めて去っていく。

龍平は、テキヤを仕切っている人の頭の良さに感心した。

それに比べ、店番をするチンピラたちは性質が悪かった。それでも龍平は、そのチンピラたちの手伝いをしなければならなかった。


ある日な、オレはアメ売りしよってん。いまはもうほとんど見かけんけど、そのころのアメは固いもんじゃなくて餅に近いようなもんでな、それをオレが売りよったんやけど、アメなんてあんまり売れへん。ほんで焼きそばの屋台が忙しいからそっちに手伝いに行け言われて、アメ売りの屋台はチンピラ二人に任せて焼きそばんとこ行ったんや。

さんざん焼きそば焼いて売ったあとな、夕立がきたからアメ売りんとこ戻ったんや。そしたらあいつら、のんきに花札しよって、アメのことは放ったらかしやった。せやからアメん中に雨が入って、アメがぜんぶ引っついてしもとった。

うわあ、売りもんにならんやんかあって言うと、そいつらが、オマエが焼きそばんとこ行っとるからややんかと言い出しよって、オマエのせいや、向こう行っとったオマエのせいやって責任をなすりつけてきよった。

こいつらの言いよることなんかどうでもいい。そんときのオレは、あの日のことを思い出していた。指を詰められそうになり、川に落とされた日のことを。

そしたらな、オレの頭が高速回転しはじめた。人間、追い詰められると、すごい力が出んねん。

オレはな、そこらの店を見渡して、乾物屋を見つけた。そこへ走っていって、きな粉を買うて、アメの中にブワーっとぶちまけた。きな粉がかかったアメはすぐにほぐれた。

オレはな、親戚のおじさんが餅屋やったこと思い出して、安倍川餅はこんなんやったなあと思い出したんや。オレが急場しのぎで作ったきな粉アメは、それからすぐに完売してな。


「じいじ、すごーい」

女の子の孫が手を叩いて喜んでくれる。

せやけどその手柄はチンピラの二人が横取りしよった。なんやオマエらが花札して遊びよってアメを水浸しにしたくせにって思うたけど、焼きそば屋のおっちゃんがそれをぜんぶ見とってな、組の上の人に、あいつ使いもんなるでってオレのことを報告してくれよった。

そんでオレはテキヤから卒業や。

そして次は取り立て屋や。

「お父ちゃん、子どもらになんの話しよん」

娘たちが病室に入ってきた。

孫たちは帰る時間だった。

「じいじがきな粉アメ作った話、おもろいで」

「お父ちゃん、きな粉アメ作れるんか？」

娘たちは、家では台所に立ったことすらない龍平に、真剣に聞いてくる。

「そんなことはどうでもええんや。臨機応変になんでもできるっちゅう話や」

「ふーん、なんや知らんけど、今日はもう終わりや。お父ちゃんも疲れた顔しとるで、ゆっくり休み」

娘たちはそう言って、孫たちを連れて帰っていった。

確かに龍平は疲れていた。しゃべりすぎて喉がカラカラだった。龍平は少し咳き込む。オレは小さなときから五分と黙っとれん子どもやったけど、死ぬまでしゃべり続けるんは難しいかもしらんなあと思った。

話していると鮮明に蘇ってくる記憶ではあるが、昨日思い出したことと、今日思い出したことの間には、若干の差異がある。

昨日は、修学旅行に行ったのは高校三年のときだと思っていたけれど、今日は高校二年のときだったと思っている。レースで事故したときの前後の記憶はいつも曖昧で、多分、年を取れば記憶が曖昧になるのは誰にとってもあたりまえのことだけれど、事故の前後で天国と地獄のように世界が変わっている龍平の十八歳の記憶は強烈すぎて、何度思い返しても記憶は前後する。

そして、いややっぱり、修学旅行へ行ったのは高校三年のときだと思い直す。

行き先は長崎だった。修学旅行は三組に分かれて出発することになっていた。まずは機械科の三クラスが出発し、一週間遅れで電気科の三クラスが出発、そしてまた一週間後に化学科の三クラスが出発。

先に出発した機械科のちょっと悪い生徒から、どの部屋の天井裏にボンドを置いたという情報が回ってきて、電気科のちょっと悪い生徒が、一週間後に泊まった旅館の部屋の天井裏からボンドを探し出していた。

もっと悪い生徒は、夜に部屋を抜け出して、ストリップショーを観に行った。龍平はそのグループに誘われてホイホイとついて行ったが、龍平は一人だけオーバーオールを着ていたため、身分証の提示を求められた。

一緒に行った友人たちが、みんな社会人で通るような風貌だったため、こいつも同僚ですと言ってくれて中へ入れたが、女性の裸を見慣れていた龍平だったから、是が非でもストリップショーを観たかったわけではない。ただみんなで旅を楽しみたかっただけだ。夜遅くまでストリップを観てタクシーでこっそり旅館へ帰り、部屋に戻ると、見つけたボンドでラリっている友人がいた。

おいおいと思っていると先生が見回りに来て、みんなでそいつを布団で押さえつけて必死に隠した。おかしくてたまらなかった。

龍平は、そんなことが無性に楽しかったのに、その数ヶ月後にはヤクザな世界で働いていた。帰りのフェリーの中で、無邪気に一緒に写真を撮った友人は死んでしまった。

世の中、いつ、なにが起こるかわからない。

龍平は、あれがあったからこそいまがあるのだということをときどき忘れる。あのとき、賢い大人がそばにいてくれたら違った未来があったのにと悔やんだりする。十八歳の自分のもとへ、いまの自分が駆けつけてやりたいとすら思う。そんなことを考えながら、龍平は深い眠りに落ちていった。

「お父ちゃん、お父ちゃん」

清美の声で目が覚める。

「ああ、やっと起きた。なかなか起きんから、もう死ぬんか思うたわ」

「いま何時や？」

「もう昼過ぎやで」

「オレは朝めし食うたんか？」

「食べてへんねんて。なんやうつらうつらして、いらん言うたらしいわ」

「オレがか？」

「せや、ほんで昼も食べてへんからって、ほら、お昼ごはんは取っといてもろたで」

すっかり冷めてしまった親子丼がのったトレイが見える。リハビリもパスしたらしい。

龍平は清美に温かいお茶を持ってきてもらい、薄味の冷たい親子丼を食べる。

「ちょっと疲れたなあ」

「アンタ、ずうっとしゃべっとるらしいやん」

「オレがようしゃべるんはいつものことやんけ」

「いつものことやけど、心臓発作起こしたあとなんやから、しばらく大人しくしときいよ」

「わかった」

清美は、しおらしい龍平の様子を見て、大丈夫やろかと思う。

なんや焦ったように自分の人生を孫たちに語りよるらしいけど、そんなん別に退院してからでもええのに、急にそんなんし出すと、死ぬんちゃうか思うわ。遺言を語り出す老人やないんやからと考えて、でもそうか、もう老人の部類に入るんかと思い直す。

最近、急に思いついたように龍平は、長男に社長の椅子を譲り、パートを二人雇い、清美の仕事を覚えてもらっている。まるで自分が倒れることを予期していたかのように、すべての権限を長男に譲っていたから、龍平が入院しても仕事に差し障りはなかったが、清美は不安だった。

清美には完璧主義のきらいがあり、仕事を人に任せることに馴れていなかった。根が真面目な清美は、なんでもきちんとしないと気持ちが悪くなるので、結局清美はいつも忙しいのだ。

龍平がペットショップをやると言い出したときも、信念を持って仕事がしたい清美は、トリマーの資格を取った。ちょうどペットブームがはじまったころだった。

急激に増えたにわかブリーダーが、産まれた仔犬を市場に大量に卸して、その仔犬を仕入れて売ればものすごく儲かる仕組みだったけれど、清美は、劣悪な環境で生まれた仔犬を売るのが嫌で、自家繁殖をはじめることにした。

専門知識を身につけないと馬鹿にされるという一心から犬の勉強をはじめた清美は、いまでは専門家たちにも一目置かれるほどの知識を持っている。

清美は子育てをしながら犬も育て、ときどきふと、私はなんでこんなことをしとんのやろうと思うことがあった。

もともと、ペット関連の仕事をしたかったわけじゃないのに、気がついたらブリーダーになって一生懸命犬を育てていた。夜中に犬が子どもを産むのにずっと付き添っていたり、犬の病気予防のためにハーブの効用を学び、犬の健康のために、インドの伝統的医学であるアーユルヴェーダを犬に施したりしている。

いまではもう犬の歯の噛み合わせを見るだけで、その犬のことがぜんぶわかるほどになったけれど、龍平の考えを予測するのは難しかった。

龍平が、六十歳を過ぎてダルメシアンを飼いたいと言い出したとき、夫婦に初めての危機が訪れた。清美は、引退したら夫婦でのんびり旅行にでも行きたいと思っていたが、大型犬を飼うということは、長い旅行はできないということを意味する。しかし龍平と旅行へ行ったところで、そんなに楽しめないのも事実だった。

龍平は、目的地へ行くことだけが旅行だと思っているから、はい到着、はい次と、ただ目的地を通り過ぎるだけ。清美は、旅先でその土地のおいしいものを食べたり、きれいな景色をゆっくり堪能する旅がしたかった。

結局この人は、自分のことしか考えていないんだなあと思うときもある。なにを言っても自分のやりたいことしかしないし、ぜんぶ自分が正しいと思っている。清美がテレビで好きな番組を観ていても、あとからソファに座った龍平が、すぐに自分の好きな番組に変えてしまう。腹を立ててもしょうがない。なにを言っても無駄だからだ。そう、私はこうやって受動態で生きてきた。

五十歳のときの同窓会を期に、やっと友人たちと再会した清美は、同級生たちから、そんな時代遅れな男とは別れた方がラクよって言われるけれど、清美は離婚なんて考えたこともない。一緒にいるのがあたりまえになっているからだ。もう何年も、いや何十年も、清美は休んだことがない。一人で過ごすプライベートの時間なんて、ごく最近まで持ったこともなかった。

清美は初めて好きになった人と、結婚とはなんぞやなんて深く考えることもなく結婚した。大人になっていろいろ知ってしまって自分のパターンができる前に一緒になったから、そのまま一緒にいる毎日が続いているだけで、私にとってはこれが普通であり、この生活しか知らないんだなあと、改めて清美は思う。

もしもこの人がいなくなったら、私はどうすればいいのだろう。

このごろ少しだけ、そんなことを考える。

しかし考えたところで、清美のやることが減るわけではない。

「ほな、行ってくるわ」

清美は、眠たそうな龍平に元気よく話しかけ、仕事へと出かけていった。

「じいじぃ、テキヤの次やぁ」

三時過ぎにやってきた孫たちが、昨日の話の続きをねだる。

「取り立て屋の方がテキヤより上なんか？」

「上っちゅうか、部署が違うだけやけどな」

孫たちに話をねだられ、龍平は元気になる。

きな粉アメ事件で出世した龍平が、今度は取り立て屋の手伝いをすることになったところから話は続く。


取り立て屋っちゅうてもな、オレが最初にやらされたんは、どつかれ屋やねん。


「どつかれ屋？」

「どつかれる係や」


借金の取り立てに行くときはな、二人一組で行くねん。オレはなんもわからんまんま特攻服みたいなもん着せられて、取り立ての現場に連れていかれてん。

「オマエ、一発、一万な」

「はあ、一万円もらえんですか？」

オレは本当になんも知らんと、なんやわからんけど一万円もらえるんかと思うて現場に行った。

一緒に行ったヤクザのおっさんが、小さな声で吠えろって言うから、オレは大きな声で、はよ金返してもらわんと困りますねえ言うた。そしたらそのおっさん、オレをどつきよんねん。

オレはバシーンって殴られて、なんやようわからんで普通に倒れたら、おっさんが、ちゃう、あっちやって小さな声で言うから、オレはそっかと理解して、二発目からは、いろんなもんの上にバッシャーンと倒れ込んで、倒れるときにそこら中のもんを床にぶちまけた。

「すまんなあ、うっとこの若いもんが」

そう言っておっさんが謝るから、器物破損にはならへんねん。どつかれんのは最初は痛かったけどな、オレはすぐにコツを覚えたから、どつかれても平気になった。効果的なぶちまけ方もすぐに覚えた。

そしたらな、あいつ勘がいいで、飲み込み早いでって、オレのことはまた噂になって、ほなもう一段階上に行こかあって、次は先物屋《さきものや》の取り立てや。

「先物?」

「先物いうのはな、先のことを取り引きすることや、小豆やトウモロコシや金なんかを、将来この値段になりますから、いま買っとけば儲かりまっせえていう商売や。未来のこの日に、今日のこの値段で買います言うて決めんねん。せやからほんまに値段が上がっとったら儲かるけども、値段が下がっとったら大損すんねん」

最初はええねん、儲かりますよ言うて、ほんまに十万、二十万、儲けさすねん。そんでころ合い見計らって、そろそろこっちいきましょかあ言うて、危ない方に手え出さすねん。ほんで大きな借金作ったら終わり。それを取り戻すためにどんどん危ない方へいくから、あっという間に身ぐるみ剝がされる仕組みや。

素人は絶対、先物に手を出したらあかんねん。

オレはな、先物に失敗してミカン山取られた人見てん。

和歌山にミカン山いっぱい持っとった人の取り立てについて行ったんやけど、あんまり思い出したくない光景や。あんなに金持ちやった人が、ヤクザに取り立てられて、権利書持ってこい言われて、ミカン山の権利書も、家の権利書も取られてしもた。

結局その人は、先祖代々からのミカン山を取られたあと、借金返すためにドヤ街《がい》に行きよった。オレはそれを見とるのがつろうてな、その人のことをいまでも夢に見ることがある。


「ドヤ街ってなに？」

「ドヤ街いうんは、住むとこのなくなった人が日雇いの仕事をするために溜まっとる街のことや。寝泊まりできる簡単な宿泊所があってな、朝から迎えに来るクルマに乗って日雇いの肉体労働に出かけていくんや。宿をさかさまに読んでドヤっていうんや。つらい環境や」

「えっと、じいじはそんとき、高校生やってんやろ？」

「せや、高三や」

「学校も行きよったん？」

「可能な限り行きよったで」

「高校生の取り立て屋かあ」

「成り行きでな」


ほんでな、ミカン山のおっさんみたいな人らにな、オレは金貸したるねん。五千円貸してやって、七千円の仕事紹介して、手数料五百円、合計五千五百円返してもらうんや。そんなんいつまでたっても金は増えんし、借金も返せん。

結局そういう人たちを集めて、山奥のダムに送り込むんや。

日本の土木業界は、昔、ダムばっかり造りよったから、人手がいったんや。でもオレは罪悪感に苛《さいな》まれてな、はよやめたかってんけど、オレにも借金がある。

「オマエな、ダムを造るための人を集めるいうんは、日本に貢献しとるってことやで」

上の人らにそう言われてな、罪悪感を忘れたかったオレは、それを信じようとしとった。オレはええことしとんのやって思い込もうとした。

「国の金を管理しとるのはオレらやで、ダム建てんのにおっちゃんらが必要やろ。オレらは派遣社員を雇うてるんや」

上の人らはいつもそう言いよった。

いまやったらダムやのうて、除染作業や。誰もやりたがらん仕事やろ。でも国にとっては必要な人材やから、借金のあるやつらをそこに投入するわけや。いまでもきっと、ヤクザ屋さんたちはそうやって、自分たちは国に派遣社員を派遣しとる思うてるはずや。


「じいじぃ、話が怖なってきたやんかあ」

「この世にはそんな世界があるちゅうことや」

「そんな世界、知りたないわあ」

「ほんなら絶対に博打《ばくち》をやらんことや」

「博打？」

「賭け事のことや、競馬や競輪や競艇」

「わかった」

龍平は、博打で身を滅ぼした人をたくさん見た。博打をするから悪いんや、自業自得なんやと思いはしても、あっという間に身を持ち崩していく人を見ているのはつらかった。

あんまり深く考えないようにと、黙々と真面目に取り立て屋の手伝いをしていたら、龍平は、また上の人から高評価を受けた。

オマエ、金はきっちり計算できるし、ネコババもせえへんし、と今度はサラ金に派遣された。競馬場や競輪場へ行って、身なりのいい人にお金を貸す仕事をすることになった。

「貧乏人には貸したらあかん、金持ちに貸すんや」

龍平はそう教わった。

オレはな、ヤクザの金をネコババせえへんから、今度はいきなり百万円持たされて、違《い》法貸付《ほうかしつけ》や。

ギャンブル場行って、十一時ごろにブラブラしとる身なりのええ人間を探すんや。そんな人を見つけたら、お金貸しましょかあって寄っていく。すると大抵の人は、オマエらみたいなやつの金じゃ足りひんのやあってまずそう言うけども、オレが百万の束見せたら顔色が変わんねん。人間、百万の束見たら思考能力を失くすねん。

「ここに百万ありまっせ。一発当てたら一千万になりますよ」

そう言うと、全員、目の色が変わる。

「せやなあ、一発やなあ」

「その代わり、一割でっせ」

そう言うて、利息分の十万を抜くねん。一日10％、年率３６５０％の利息や。そんなあり得へん利息やのに、ギャンブル依存の人はもう、当たったときのことしか考えられへん、わからへんねん、計算なんかできひんねん。

「百万貸してくれてありがとう」

そう言うてすぐに馬券買いに行こうとしはるから、ちょっと待ってください、すみません、社員証見せてくださいい言うて、金渡す前に、社員証を見せてもらわなあかんねん。

社員証見せてくださいって言うたら、大抵の人が、オレなあ、年収千五百万あるから、百万、二百万なんてすぐに返せんねん言うて、簡単に社員証見せてくれよる。

社員証受け取ったら、すぐに公衆電話からサラ金の事務所に電話するんや。携帯電話なんてなかった時代やからな、サラ金の事務所から社員証に書かれとる会社に電話してもろて、その人を呼び出してもらうんや。ほんで会社の人が、その人はいま営業に出てます言うたら、ああ、ほんまにいてるわ言うて、裏取れたら百万渡すんや。利息取って九十万な。

ほんで中にはほんまに当たる人もおんねん。当たったらな、兄ちゃん、ほんまにありがとう、これお礼や言うて、百万円くれたりすんねん。

でもな、八割方、当たらん。

「兄ちゃん、悪いな、今度会うたとき返すわ」

そう言ってオレから逃げようとする人もおった。

「社員証見せてもろてるから信用はしてますけど、オレかて返してもらわなヤバいことになりますねん」

オレはそう泣き入れて、その人をサラ金に連れていくねん。

「じいじ、そんなこと真面目にやらんで良かったんちゃうか?」

孫の一人が深刻そうに言った。

「せやな。せやけどそんときな、オレの金と違うけども、なんか金持ちになった気がしてちょっとだけ楽しかってん」

「はあ?」


金貸した人をサラ金に連れてってな、百万のローン組んでもらうとな、さっきの百万がぐるーっと回って返ってくるんや。この仕組みがな、まあ面白いほど上手いことといくねん。せやからこの商売やったらオレ一人でもやれるん違うか思うたほどや。

でもときどきな、横におる先輩が、○○さーん、これ、って言うて知らん人に二万円くらい渡しよんねん。○○さん、これでお茶でも飲んでください言うて現金渡しよる。

あれ誰ですかって聞いたら、警察の防犯課やって言いよる。

結局な、素人がやったらすぐに捕まるってことや。プロはちゃんと警察とつながっとって、根回しを欠かさんちゅうことや。いまは知らんけどな。

ほんでな、金貸した人が金返せへんようになったら、会社まで乗り込んでいって追い込みをかけるんや。オレは先輩から、ほら、これはオマエの初めての客やで言われて、オレが初めて金貸した商社マンの会社に乗り込まなあかんようになった。

でっかい商社に乗り込んだオレは、その人に金返してください言うたんや。他の社員の

人たちのおる前で。

「言うたんか」

「言うた。言わなしゃーない。最悪な気分やった」

それでその人は会社におられんようになったんやろな。十八歳のオレが初めて金貸した商社マンの人がな、一ヶ月も経たんうちに汚い身なりでドヤ街におったんを見てな、さすがにオレの胸は痛んだわ。究極のところ、博打するんが悪いんやけどな、転落に手を貸したみたいでな、ごっつ胸くそ悪なった。

「そんなん胸くそ悪なって正解やで、じいじ」

「ほんまや、じいじには良心があるゆうことや」

「せやけどそんな仕事させられて大変やったなあ」

いまさら過去は変えられないけれど、あのころ、ほんの少しの間だけれど、龍平は、他人の人生が崩壊していく瞬間に関わった自分を呪いたかった。しかし自分の人生すら危うかったあのころは、そうすること以外できなくて、そんな中で必死に仕事をしていた自分の健気さが切なくて、孫に同情してもらえて嬉しかった。

オレは一ヶ月くらいの間に、会社の社長やった人やエリートサラリーマンやった人が、次々に転落していくのを見た。見たくない世界やったけど見てしもた。

そんでオレが一通りサラ金の仕事覚えたら、今度は仕手筋集団《してすじしゅうだん》に出向や。ヤクザ屋さんちゅうのもえらい大きな組織やからなあ、テキヤから株の操作までやりよる。

「オマエ、あんとき買うてもろたスーツがあるやろ」

金融屋のナンバー2の人からオレはそう言われた。

その人は、オレが高級クラブにスポンサーに会いに行ったときに着せられたスーツのことを覚えとった。こんなオレの些細《ささい》なことまで覚えとるなんてさすがやと思うた。

そしてオレはそのスーツ着て、何千万もの現金持たされて、株買ってこいって言われたんや。

「仕手筋集団てなんや？」

「株の操作をする人たちのことや。株の値段をつり上げたり下げたりして儲ける人たちのことや」

「ふーん」

孫たちは、多分わかっていなかったが、龍平は続けた。

いまならネットで株の売買はできるけども、昔はな、現金持ってわざわざ証券会社に行って、自分の口座に入金してからのスタートやったんや。オレは大金持たされて、段取りを叩き込まれて、証券会社に行った。

ほんで証券会社のカウンターで、あらかじめ決められとった銘柄を、言われとった通りの値段で買い注文した。証券会社にはスクリーンボードがあってな、いろんな銘柄の株価がずらっと表示されとってな、オレはそれをじっと見とった。しばらくすると、オレが注文した銘柄だけ、どんどん株価が下がっていきよんねん。

そのうちオレは名前を呼ばれてな、カウンターに行くと、「約定《やくじょう》しました」って言われて紙切れを渡された。約定いうのは、取引成立ってことや。

ほんでオレは公衆電話から事務所に電話して、「約定しました」って報告すんねん。そんでまた証券会社に戻ってスクリーンボードを眺める。そしたらな、なんや知らんけど、今度はその株がどんどん値上がりしていくねん。買った値段より三割くらい値上がりしたころ、オレはまた名前呼ばれて、「お電話がかかっております」言われてな、電話に出たら事務所からで、さっき買った株をすぐ売れ言われたんや。

オレはすぐにカウンター行って、「この株ぜんぶ、成行売《なりゆきう》りで」って言うて、さっきもろた紙切れを渡してん。成行売りいうんは、そんときに一番高値で買い注文を入れとる人と売買が成立するいうことや。

ほんでまた、「約定しました」言われて紙切れを渡されたんやけど、その紙切れに書かれた預かり金の金額を見て、オレはびっくり仰天や。

証券会社に来てからまだ二時間も経ってへんのに、最初の金額から五百万も増えとる。

たった二時間で、五百万の儲けや。オレは、頭をかち割られたくらいの衝撃を受けた。

仕手筋集団いうんはな、売るグループと買うグループが組んで、こうやって株価の操作をするやつらのことなんや。


「ふーん、なんやようわからんなあ」

「それは犯罪ではないん？」

「グレーやな」


株の値段はな、買う人間が多いと上がるし、売る人間が多いと下がる。

素人は、株は上がった方が儲かる思うてるけど、ほんまは下がった方が儲かるねん。人間の深層心理を利用して、空《から》売《う》りしたり信用《しんよう》買《が》いしたりな、株の本なんていくら読んでもわからんことを、オレは現金のやり取りして学んだんや。株の本をいくら読んだって、あれは理想論でしかない。

たった一日で数千万から数億の金が動くんを目の当たりにして、「お金ってこんな仕組みなんかあ」ってオレは思った。

いままでも、取引残高が少ないのに急に株価が上がったり下がったりしたら、ああ、触りよるなあ、仕手筋集団がおるなあてわかるわ。せやからな、素人は株に手を出したらあかんねん。株をやりたいなら専門家に任せるか、腰を据えてやるかや。

オレはあんとき、何千万も現金持たされて証券会社へ行きよったんやけど、ガキが来たと舐められたらいかんし、変なやつやと思われたら証券会社も怪しむからな、きれいな身なりして、ちゃんとした言葉遣いして、アタッシュケース持っていきよった。

よう考えたら、十八歳の高校生が、仕手筋集団に混ざって大金動かしよるなんておかしな話やろ。オレは上の人たちから、どの部署もちゃんと覚えるんやで言われて、いつの間にか幹部候補生になっとった。オレは十八歳にして、決算書が読めるようになっとったんや。


「それってすごいことなんか？」

「せやな、決算書っちゅうのは、会社の経営状態がわかる財務表やらいろんな書類のことなんや。決算書が読めれば、その会社の業績がだいたいわかる。数字のバランス見れば、不良債権あるなとか、資金繰り苦しいなとかわかんねん。せやからその会社の株が上がるとか下がるとかも予想がつくねん」

「え？　そんなんわかったんか、十八歳で」

「あんときは必死やったからな。大金つこて、頭だけやのうて身体でも学んだからな。何千万もの現金で取引するっちゅうのは、身体でなにかしら感じるもんがあんねん。あんときのオレには数字の動きがきれいに見えとった。なんや法則みないなもんがあってな、数字がきれいな動きをしとるとええけど、おかしな動きやと危ない」

「いまもわかるんか？」

「いまはもうそんなにわからん」

「残念やなあ。いまもようわかったら、じいじは天下取れたかもしれんなあ」


オレはな、最初にヤクザ屋さんの事務所に連れていかれて小指を落とされそうになった日のことを思うと、他のことは大したことない思えたからな、なにが起きても動じんやったから、なんや肝が据わっとるように思われたんやろな、機転も利くし。

せやから知らん間に、その世界のエリート候補になっとったんやろな。

でもオレは、その世界で生きていく気はまったくなかった。はよう抜けたくてしょうがなかった。せやからナンバー2の人に、オレの借金はあとどんくらいですか、はよやめさしてくださいって何度も言うたんや。

そしたらある日その人が、よし、次の仕事でオマエの借金チャラにしたろって言うてくれて、ああ良かったあ思うて一安心や。

「オマエ、バイクのレーサーやってんやろ、クルマの運転できるか？」

そう聞かれてオレは即答や。

「はい、できます！」

オレは十八歳になった夏休みにクルマの免許を取ってた。

「ほなな、あそこの角に何時何分にクルマ停めて待っとけ」

オレはそう言われたんや。


龍平の最後の仕事は運転手だった。本当にやめられるのか、若干の不安はあったけれど、龍平は、これをやり遂げたら普通の高校生に戻れると思って嬉しかった。まあこの世界に片足を突っ込む前も、普通の高校生という感じではなかったけれど、部活をやって、バイトへ行って、バイクに乗る。その忙しくも充実していた日々が、最高に幸せな時間なのだったのだなと、失って初めてわかった。

孫たちも静かに聞いている。小さな子は眠っているが、中高生は起きている。

隣人も、なにやら聞きたそうにしていたが、静かに口を閉じていた。


オレが夕方事務所で待っとったらな、レンタカーを借りてくれてな、借りてきた人らと交代で運転席に座るとな、その人らから、オマエ、絶対に失敗したらあかんでって念押されて、オレは指定された場所に行って、時計を見ながら待機しとった。

ドアは開けとけよって言われとったから、助手席と左側の後部座席のドアを開けて待っとった。

しばらくしたら、通りの向こうから、二人の男がダダーっと走ってきてクルマに乗り込んできよった。

「走れーっ！」

オレはクルマを出した。走り出してすぐに赤信号で止まったら、

「オマエ、アホか、行かんか！」

と、ものすごい形相で怒鳴られた。オレはそれからすべての信号を無視した。

「はよ空港まで行けや！」

そう言われたとき、バックミラーに、すごい勢いで追いかけてくる二台のクルマが見えた。

「え？」

「捕まったらオマエ、魚のエサやで、ぶっ飛ばせ！」

「は、はいっ！」

オレはまたしても危機に瀕《ひん》してしもた。

でも幸い、その辺りはオレがよく知っとる道やったんや。裏道も熟知しとったし、レンタカーは小さいクルマやったから、追いかけてくる大きなクルマを見て、よし、あの道ならあのクルマは入ってこれんやろと、瞬時に頭ん中でルートを決めた。

細い道をぐるぐる回って追っ手をその道に誘い込んだら、案の定、二台の車はそこにハマって出れんようになった。

よし、とオレは心の中でガッツポーズをして、空港までぶっ飛ばした。

「ようやった。ちゃんとクルマ返しとけよ」

その二人が空港の中へ消えてから、オレは事前に言われとった通りに、レンタカー屋行って、代理で返しに来ました言うてクルマを返した。いまやったらそんなことできんのかもしらんが、当時はそれで大丈夫やった。

はあ、やっとこれで借金はチャラや。もうこの世界ともおさらばや。オレは嬉しくて嬉しくて、その日は家に帰ってからぐっすりと眠ったわ。

「良かったあ」

「やっと終わったんやねえ」

孫たちが安堵している。

「ふ、そう思うやろ」

「え？　違うんか？」

次の日、オレは昼ごろ起きて、テレビをつけたんや。

そしたらな、ニュースでな、昨晩の何時何分、抗争事件がありましたって言いよる。

「あれ？　オレ、そこおったよな？」

寝ぼけた頭で考えた。

「は？　オレ、あの時間、クルマでそこおったよな」

オレはやっと理解した。オレが空港へ送っていったんは、抗争事件の犯人やんか。あの二人は鉄砲持っとったんや！

ヤバい。ここにおったらアカン。オレはむちゃくちゃ焦った。せっかく最後の仕事や言われて抜けたのに、オレは今度は警察に追われるんちゃうか、それに撃たれた方の組の人たちに捕まったらなにされるかわからん。そう思うと、いてもたってもおられんで家を出た。

でも行くとこないから、友だちんとこに泊めてもろた。でも何日もいられるもんじゃない。よし、街から出よう。オレはそう考えて、中学んときからの友だちをたらしこんで、北海道へ行くことにした。

やったー、卒業旅行やあて言うて喜びよる友だちは、金持ちの家の子やったから、親の金でオレの分まで電車の周遊券《しゅうゆうけん》を買うてくれた。オレはそいつの親の金で北海道に逃走したんや。

でも友だちは単なる卒業旅行やと思っとるから、今度はどこ行く？ってのんきに地図見よってな。オレは欠かさず新聞を見よって、抗争事件の続報を読みよった。


「ふう」

ここまで一気にしゃべった龍平が、喉を潤すためにお茶を飲む間、聞いていた全員が、固唾を飲んで話の続きを待ち構えている。

「で、どうなりましてん？」

「誰か死んだんですか?」

龍平の隣人が、待ちきれずに聞いてくる。

「幸いというか、死人は出ませんでした。そのうち、ニュースにも出んようになりましたわ」

「そりゃ良かったですなあ、ほんなら帰ってきたんですか?」

「いやあ、それが……」

「またなんぞ事件に巻き込まれましたか?」

「いや、巻き込まれた言いますか……」

龍平は、知床のユースホステルで、日本赤軍の残党と出くわしたのだった。

日本赤軍といっても、強硬派ではなく思想派だったから、温厚な人たちだったが、数日の間に、極端な右と左を見た龍平は混乱した。そして、怒りが湧いてきた。

知らないうちに犯罪に巻き込まれ、命からがら逃げてきたら、その先で、僕らが世界を立て直すと言っている人たちがいる。

龍平は、どちらにも腹を立てた。約半年に及んだヤクザのパシリ生活のストレスと怒りが、頭でっかちなインテリ左翼集団に向けられた。

「オマエらみたいに理想論ばっか言うててメシが食えるか!」

高学歴の左翼の人たちに、龍平は食ってかかった。数日前に抗争事件のドライバーだった龍平には怖いものがなかったから、彼らの理想論をむちゃくちゃな論法で打ち破っていった。しまいには皆が黙り込んでしまい、あまりの龍平の乱暴な物言いに、泣き出してしまう人もいた。龍平は明け方まで半狂乱の状態でしゃべりまくり、疲れ果てて眠ってしまった。お昼過ぎになって目覚めると、そこら中から白い目で見られ、いたたまれない気持ちになった。

「おい、行くぞ」

龍平が、ユースホステルを出てゆこうと友人に声をかけると、友人は言った。

「オレはここに残る。この人たちの言ってることの方が正しい」

龍平は唖然としたが、思想は自由だ。

龍平はそこで友人と別れることになった。

「じいじの行くところには必ず事件が起こるんやね」

女の子の孫が感心したように言う。

「嵐を呼ぶ男ですな」

隣の患者さんが楽しそうに言う。

龍平の話を黙って聞いていた人々は、とりあえず龍平がヤクザから逃れられてホッとしていた。斜め前の患者さんは、右翼の次に左翼がいたことにウケていた。

日が暮れて、病棟は夕飯の時間になっていた。ガラガラと、食事を運ぶワゴンの音が聞こえてくる。

「でも借金もぜんぶ返せたんやろ、良かったなあ」

男の子の孫が言う。

「あんな、実は借金なんてなかったんや」

温かい夕飯のトレイを受け取りながら、龍平が淡々と言った。

「えええええ！」

ほぼ全員が叫んだ。

「オレが借金やと思うてた金は、ほんまは借金とは違てん」

「どういうこと？」

龍平は、薄味の煮魚を食べながら、聴衆に言った。

「数年後に、街でバッタリ、あんときの金融屋のナンバー2の人と会うてな、その人が教えてくれてん」

その人と再会した龍平が緊張して身体を硬くしていると、その人は言った。

「オマエ、よう頑張ったな」

「あ、はい、ありがとうございます」

「借金でもないもんを借金と思うてよう頑張った」

「へ？」

「あれはな、スポンサー料やったやろ。スポンサー料いうのは借金とちゃうねん。返済義務はないねん。オマエ借用証書いたか？　書いてへんやろ。それに万が一返さんといかんやったとしても、返す義務があんのはオマエやのうて、あのバイク屋の社長や」

「ええ？　じゃあオレは……」

「うん、よう頑張った」

龍平は、全身の力が抜け、悟った。

オレの周りにはまともな大人がおらんかったんや。

龍平は、正解を教えてくれるまともな大人がいなかったことが本当に悔しかった。


「ほんでじいじは北海道でなにしてたん？」

「その話は明日な」

夕飯を食べ終えた龍平は、もう眠りたかった。

孫たちを迎えに来た息子や娘たちと少し話したあと、龍平は早々に目をつむった。

知床で友人と別れ、一人で北海道をあちこち回ったあと、礼文島《れぶんとう》の港に佇んだ日のことを思い出している。

三月の海にはまだ流氷が残っていて、荒れた海が、龍平の乗る船に、流氷をガンガンとぶつけてくる。ひどい船酔いと泊まるところのない不安で、日本最北端にいる喜びを味わうどころではなかったが、でも大阪がすっかり遠い土地のように感じ、オレの大変な時代は終わったのだと思えた。心の底からホッとしていたのを覚えている。

あのとき覚えた安堵感が蘇り、龍平はいま静かな病室で、ふうと大きな深呼吸をして眠りについた。

第三章　再起のとき

龍平は、借金を返すために頑張っていたのに、借金だと思っていたのは借金ではなかった。しかし十八歳の龍平には、まだそれを知る由もなく、最後の仕事だと言われて運転手をしたものの、それが抗争事件のドライバーであったこともあとで知った。

知床のユースホステルで友人と別れた龍平は、さてどうしたものかと思いながら、とりあえずその宿で知り合った能天気な大学生たちと一緒に温泉へ行くことにした。

大阪へは帰りたくなかった。半年近くに及んだ裏社会との関わりは、龍平にとって数年もの経験のように思え、まだもう少し、大阪から離れていたかった。

手元にある周遊券の期限は、残り二週間を切っていた。あのころの周遊券は、二十日間ほど有効期間があった。北海道で最初に泊まったユースホステルで、龍平は周遊券の裏技の使い方を教えてもらっていた。それは、期限を残したまま帰る人の切符と交換してもらうという方法だった。

札幌のユースホステルへ行けば、明日には東京や大阪へ帰るという人がたくさんいる。そこで、期限の残っている人いませんかあと聞いて、期限の切れかかった自分の券と交換してもらう。それをこまめに繰り返せば、少しだけ帰るのを先延ばしにできる。龍平はそのやり方でいくことにした。

「じいじぃ、北海道の話聞かせてー」

孫たちがやってくる。

孫の一人が、北海道の地図を持参していた。

「どれ、見してみい」

龍平はベッドの上に起き上がり、北海道の地図を広げる。北海道の地図を見るのなんて何十年ぶりだろう。地図を見ていると、あのころの記憶が鮮明に蘇ってくる。

「最初はな、ここやここ、函館や。青森から青函《せいかん》連絡船に乗って、ここに着いたんや」

龍平が函館を指差すと、孫たちが全員で地図を覗き込む。

「一番左のはしっこやね」

「そや、はしっこや。でもはしっこでもな、ああ、ここは北海道やあ思うと嬉しゅうてな、函館に一泊したんや」

龍平は、函館の夜景を見たことを思い出した。

「それから真ん中の上の方、ここや、ここ。この旭川っちゅうとこ行ってスキーした」

「え？　スキー？　じいじ、逃亡したんちゃうんか？　遊んでるやん」

孫たちが地図から顔を上げて、龍平を見る。

「あんな、ユースホステルの裏にスキー場があってな、そりゃスキーしてみたいやろ」

孫たちは、しょうがないなあという顔をする。

「ユースホステルってなに？」

小さい孫が聞く。

「貧乏旅行する若者らが泊まれる宿のことや。あのころは一泊千円くらいで泊まれてん」

「安っ」

「そのかわり雑魚寝《ざこね》やで」

「雑魚寝ってなに？」

「一つの部屋で何人も一緒に寝ることや」

「ふーん」

「そのあとな、そっから右の方にある国立公園の層雲峡《そううんきょう》ってとこに行ってな、ここや、ここ。ここでもユースホステルに泊まったわ」

龍平は、孫たちと一緒に北海道の地図を見て、真ん中から少し上にある層雲峡に指を当て、その地に思いを馳せる。

「じいじ、楽しそうやんけ」

「そやな、オレは逃亡しとったんやけど楽しかったわ」

北海道の地図とにらめっこしている龍平は、まるで楽しい貧乏旅行のようでもあったあのころの逃走ルートを探した。

「こっからまた右に行ってな、網走《あばしり》や。網走の原生花園《げんせいかえん》っちゅうとこ行って一泊。ほんで次は知床や。そしてここで日本赤軍派の残党と遭遇や」

「日本赤軍ってなんや？」

「昔の日本にはな、過激派ちゅうのがおってな、極端な左翼のテロ組織みたいなもんや。

日本を変えるっちゅうて革命を起こそうとしてた人たちがおったんや。まあ、知床のユースホステルにおったんは過激派じゃなくて、思想だけマルクスやらレーニンにかぶれとる頭でっかちのやつらやったけどな」

「その人らと喧嘩したんやな」

「うーん、喧嘩っちゅうもんでもないわ。オレが勝手に怒りまくっとっただけや」

「そこで友だちと別れたんよね」

「そや。友だちはすっかりマルクス・レーニン主義に心酔してしもうてな。その友だちはそのあと大阪帰ってきたけど、一年後に北海道に移住しよって、ずっと民宿をやっとるらしいわ」

「へえ」

「おもろいやろ。オレにつき合わされて北海道行って、そいつは自分の人生の目標を見つけたんや」

「じいじは？」

「オレはそのあと、そのユースで知り合うた大学生三人組と一緒に屈斜路湖《くっしゃろこ》行って、それから知床半島を南下して野付崎《のつけざき》の民宿行ってな、まあそいつらがまたしょうもないことしよって……」

「また事件か？」

「いや、事件っちゅうもんでもない。そいつら、温泉で女湯を覗きやがってな」

「はあ?」

「どっかのユースでそこ行けば女湯覗けるって情報仕入れよったみたいで、三人でへらへら覗きに行きよって、民宿の人らに見つかってな、オマエら出ていけって宿を追い出されて、オレは全然興味ないから行かへんやったのに、そいつらの仲間や思われたオレも巻き添えや。そんでそいつらは金持っとるからホテルに泊まるわ言うて出ていったけど、オマエも来るかて誘われたけど、オレは金ないさかい、そこでそいつらと別れてん」

「じいじは女の人の裸なんて見慣れとったんやもんな」

「わはは、そうや。そしてそっから根室や。ここな、納沙布岬《のさっぷみさき》の付け根。この辺りの牧場でアルバイトや」


大学生たちと別れた龍平が根室に着いたのは夜だった。根室に牧場があることを地図で見て知っていた龍平は、牧場へ行けば仕事があるかもしれないと考えていた。だから駅に着いて真っ暗な町を、雪あかりを頼りに二、三キロ歩いて牧場を探したが、見つけることができずにあきらめて駅へ戻った。

その夜は寒い中、駅のベンチで寝袋にくるまって眠った。朝起きて駅舎を出ると、牧場の看板は右を差していて、龍平は昨晩、左方向へと歩いてしまっていたことを知った。

龍平は、今度はしっかり牧場へたどり着き、忙しく働いていた牧場主に、アルバイトさせてもらえませんかと聞いた。牧場主は龍平をしげしげと眺めたあと、いいけど、親御さんに電話して家出じゃないと確認してからだと言った。

しょうがない。背に腹は代えられない。龍平は牧場主に家の電話番号を教えた。

牧場主が龍平の家に電話をしているのを見ながら、オヤジはなんて言うだろうかと思っていたら、意外にもあっさりと許してくれたようだった。多分、龍平のことで煩わされるのが面倒だったのだろう。龍平の父親は、よろしくお願いしますと言ったようだった。

それから龍平は、朝四時に起きて牛の世話をした。牛小屋を掃除して、搾乳をする。一週間ほど働いたころ、龍平の周遊券の期限が近づいてきた。


「牧場でバイト代もろて、少しでも日数の残っとる周遊券を仕入れとかなあかんから、まず札幌に行くことにしたんや」

龍平が、根室からの道程を指でたどると、孫たちの視線も北海道の右下の海岸線をたどり、孫たちの小さな頭が一斉に左へ動く。

「ここや、ここ、ここに池田って町があるやろ」

「あるある」

「ここにな、町営のレストランがあってな、ここ行けば池田ワインとステーキが食えるってなんかで読んで知っとってな、ここで降りて、バイト代で思いっきり飲んで食うた」

「じいじ、せっかくのバイト代が」

「ワインもステーキもうまかったでえ」

「なんやまるでヴァカンスやんか」

「冬のヴァカンスやな。そんでこっから根室本線乗って、終点の滝川ちゅうとこまで行ったんや、ここや、ここ」

「お、今度は上に行くんやな」

「その滝川から札幌のちょい左、手稲《ていね》って駅まで行ってな、そこのユースで周遊券を新しいのと交換してもろたんや」

「次は？」

「次はな、また金がなくなってしもたから、ユースで仕入れた情報で帯広《おびひろ》行って、ホワイトチョコレートを作りよる工場で日雇いのバイトした」

「おびひろ？　あ、ここや、ステーキの近くやん、また戻ったんや」

「なにしろ周遊券やからな、乗り放題や」

「周遊券て乗り放題なんか？」

「せや、一度買えば期間内で乗り放題や」

龍平は、友人の父親に買ってもらった周遊券を、期限が切れる前にうまいこと交換してもらい、ひたすら電車に乗ってさまよっていた。

「そんでな、チョコレート工場でしばらく働いて、バイト代もろて、今度は襟裳岬《えりもみさき》や」

「えりもみさき、えりもみさき、あ、ここや、北海道の一番下やんかー」

「あのころな、『襟裳岬』ちゅう歌が流行っとってな、ごっつうヒットした曲やけど知らんか？」

「知らんなあ」

「知らんか、そっか、えらい流行っとったんで、その歌」

「聖地巡りやな」

「聖地巡りってなんや？」

「じいじ、知らんのか、アニメの舞台やらドラマの舞台を巡ることや」

「ほう、同じようなもんやな。しかし襟裳岬は、なんもない春やったけどええ岬やったで」

歌詞を引用した龍平のジョークは、同室の患者さんにだけ通じて笑いが起こった。孫たちは知らん顔。

「ほんで？」

「ほんでまた札幌戻って、周遊券交換してもろて、夜の九時ごろにな、そろそろ大阪帰るかなあ思うて駅に行ったら、宗谷《そうや》本線で稚内《わっかない》まで行く夜行列車があってな、それに乗ってしもた」

「わっかない、わっかない、あ、北海道の一番上やんかあー」

「日本最北端や」

「わあ、もうこの上はサハリンやんかあ」

孫の一人が、宗谷岬の上に先が少しだけ見えている島を見つけ、その島がサハリンだと気づいた。

「すっごい遠いとこまで行ったんやねえ」

「そうやな。稚内まで行く夜行列車の中で、東京から転勤してきたっちゅうサラリーマンのおっさんと知り合うてな、ずっとおっさんの話を聞いとった。オレは常にリュックにワインとフランスパン入れとったから、二人でワイン飲みながら、オレは延々とおっさんの愚痴を聞いとった。おっさんは、東京の本社から稚内の支店の支店長に栄転したらしいけど、そんなん栄転ちゃうわ、絶対左遷やろ。おっさんは東京に家も買うて家族もおる言うてたけど、単身赴任でこんな北の果てに飛ばされるやなんて、このおっさん、なにしたんやろう思うてたわ。サラリーマンのつらさと人生の過酷さを垣間見た気がしたわ」

「じいじ、ワインとフランスパンなんて洒落とるなあ」

女の子の孫が、夜行列車の中でワインを飲んでいる龍平の姿を想像して感心している。

「フランスパンは固いやろ。せやから食べるのに時間かかって腹持ちがええねん」

「じいじ、頭いーい」

「でもじいじ、ワインて、まだ未成年やったやろ？」

「もう時効や」

龍平は、寝袋とワインとフランスパンをいつも抱えていた。貧乏旅行だったから、いつでもどこでも眠れて飲めて食べられる準備だけは怠っていなかった。

「ほんでな、やっと稚内に着いたんが朝の六時。早朝なのに駅に人がいっぱいおってな、なんやろ思うてついていったら、礼文島に行く人たちが港に向かいよったんや。ゆらゆら揺れよる礼文島行きの船を見て、オレも行こかな思うて、なんも考えんとそのまま船に乗った。すぐに出航した船は、礼文島を目指してまっしぐらや。そのうち島が見えてきて、おお、あれが礼文島かあと感動すると思うやろ。ちゃうねん。急にえらい天気悪なって海は大シケ、船は大揺れで、オレはむっちゃ吐きそうやってん」

「じいじは船舶免許持っとんのに船酔いか」

「あれは誰でも酔うわ。荒れた海の上で船酔いに苦しんどったら、船長がな、兄ちゃん、どっか泊まるとこあるんか聞くから、いや、着いてから考えようかと思てます言うたら、このシケやと今度いつ船出るかわからんでって言いよんねん。船に乗っとる人らは行商から帰ってきた礼文島の住民ばっかりやってな、みんな自分の家に帰るから、観光客なんてオレしかおらん。せやからオレは礼文島着いて、とりあえず港にちょこっとだけ降りて、そのままその船に乗って稚内に引き返した」

「弾丸ツアーやな」

「しかし海が荒れとってなあ、流氷が船にガンガン当たんねんぞ。怖かったでえ」

「流氷！」

「四月やったけど、まだ北海道は冬やった」

「じいじ、どんくらいウロウロしとったん？」

「結局二ヶ月近くおったんかな。また金がなくなってきたから、オレはまた根室へ戻って牧場へ行ったんや」

「また右！」

「せや。牧場行って、牧場主にまたしばらく働かせてくださいう言うたら、オマエ、もう帰ったかと思うてたわて驚かれてな、どこ行っとったん言われて、北海道をウロウロしてました言うたら、こんなん来とるでって、手紙渡されてたん」

「手紙？」

「オヤジからの手紙やった」

「ひゃー」

「手紙には、オマエ、はよ帰ってこんと縁切るぞって書いてあったわ」

「うわー」


あんときのオレは、もう大阪に帰らんと、北海道でなんとか生きていこかなあくらいに思とった。周遊券を交換してもらうのに何時間もかけて札幌に行って、そんで交換してもろても生き延びられるのは三日から五日。オレはそれを繰り返した。そんなことしとってもしゃあないんやけど、なんやらオレの中に自己嫌悪感があってな、ほんで大阪に帰るんを先延ばしにしとった。

そんな矢先に帰ってこいっちゅう手紙や。なんやお天道様《てんとさま》に見透かされとるような気がしてな。オヤジからの手紙の最後にな、おかんの汚い字で、「帰ってきて」って書いてあってな、その字がなんやら滲《にじ》んどってな、オレはそれを見た瞬間に、頭から冷や水をぶっかけられた気分になった。

おかんの字を見たとたんに、この七、八ヶ月くらいの自分が、いかがわしい宗教にハマっとったように思えてな、手紙を読んでその呪縛が解けたような気がした。

オレは自分のことしか考えとらんで、両親や弟や妹たちのことなんか考えたこともなかった。とりあえず家を出て、逃げることしか考えとらんやった。そんな自分に無性に腹が立ってな、暴れ出しとうなる感情を抑えるのに精いっぱいやった。

そのころ家では、オヤジの工場が急に忙しなっとって、オレの代わりにおかんが仕事を手伝いよったんや。そんなな、旋盤の仕事なんて素人ができるもんじゃない。案の定おかんはチョンボ続きで、毎日のように夫婦喧嘩やったらしい。ただでさえおかんは、まだ手のかかる子どもたちの世話もせないかんし、ついに体調を崩したらしい。家庭は崩壊状態や。それなのにオレは、自分のことしか考えんと北海道に逃亡。オレは最低や。すぐに帰ろうと決めた。

牧場主のおっちゃんもな、はよ大阪に帰ったりって言うてくれたけど、オレには一つだけ気になることがあったんや。牧場のバイトをはじめたころに世話しとった母牛が、出産予定日を過ぎても仔牛が産まれんでみんな気を揉んどった。オレには関係ないことなんやけどな、どうしても気になってな。

「そんなん気にせんとはよ帰りいや」

「せやで、また事件に巻き込まれるやんかあ」

大丈夫や。母牛がな、空気を読んでくれたんか、その日の深夜に陣痛がはじまってな。予定日を過ぎて大きなっとった仔牛がなかなか出てこんで難産や。最後はおっちゃんとオレで仔牛の足を持って引っ張り出した。牛の出産に立ち会えたオレは大感動や。

そっからもっと感動したんは、産まれたばかりの仔牛が、誰にも教えられてへんのに、すっと立ち上がって母牛のおっぱいに必死でしゃぶりついたことや。

動物の本能を目の当たりにしたオレは、自分自身の野良犬根性も立ち上がってきた。たくましい仔牛の姿を見ながら、オレは大阪に帰って、オヤジと一緒におかんや弟や妹たちを守っていこうと心に誓った。

お産の片づけをしとるうちに、気がつくと地平線の先が薄赤く染まってきて、いままで見たこともないようなどでかい太陽が地上に出てきた。その風景は、いまでもしっかりオレの脳裡に焼きついとる。

牧場主のおっちゃんが、母牛の初乳を拝借して、オレのために牛乳豆腐を作ってくれた。乳を沸かして上澄みをすくい、水分を切って作るんや。オレはそれをタッパーに入れてもらい帰路についた。根室から在来線を乗り継いで、二十時間以上かけて大阪に帰る列車の中で、オレは美味い牛乳豆腐をかじっていた。かじりながら、これは新たに生まれ変わったオレの初乳でもあるんや思いよった。

ほんの二ヶ月程度の北海道生活が、オレには世界一周でもしてきたかのような長い旅に思えて、大阪に帰ってきたときにはものすごい懐かしさを感じた。このあとにまた想像できんくらいの人生が待ってるとも知らんと、もう悪夢は終わり、これからはバラ色の人生が待っとるんやと、オレは能天気に信じとった。


「すごいな、じいじ」

「結局、北海道をぜんぶ回ったたんやねえ」

孫たちは、龍平が放浪した北海道の地図からしばらく顔を上げず、すごいなあと感心している。でも龍平は、オレはただ電車に乗ってばかりいたんだなあ、まるで野良犬がウロウロしていただけのようじゃないかと思っていた。

「そういえばじいじ、高校は卒業したんか？」

「ええこと聞くなあ、オレはな、卒業すんのを忘れとったんや」


龍平が大阪へ帰ってきたのは四月の終わり。龍平は高校の卒業式にも出ていないし、もちろん卒業証書ももらっていない。そもそも卒業できているのかどうかもわからなかった。

龍平は、五月になってから高校へ行った。卒業証書をもらおうと思ったのだ。

三年生のときに担任だった先生が、オマエ、なんしよったんや、オマエんとこの親に連絡したのに、どこ行っとるかわかりません言いよったでと言った。

「ウチの親はそんなもんですわ」

龍平は、ともかく卒業証書がほしかったけれど、先生は困った顔をした。

「オマエな、卒業でけへんで。出席日数足りとらんわ。もう一回、三年をやらないかんで」

先生はそう言った。

「なんでやねん！」

龍平は、もう一年高校へ行くことなどまったく考えられなかったので、先生になんとかならないかと頼み込んだ。

「そやなあ」

先生は考え込んで、いい案を思いついてくれた。

「オマエな、就職先が決まっとったらなんとか卒業できるかもしれん」

そう言われて龍平は決心した。

龍平はすぐに高校から家に戻り、生まれて初めて父親に頭を下げた。

「オヤジの鉄工所で働かせてください」

龍平の父親は、龍平が頭を下げたことにびっくりしていた。

ほう、こいつが頭を下げよったと感心した父親は、龍平が高校からもらってきた書類の就職先の欄に会社の印鑑を押してくれた。

龍平はそれを持ってまた高校へ行き、無事に卒業証書をもらうことができた。

あんときオレは生まれて初めてオヤジに頭を下げたが、あれ以来下げたことはない。オレはすぐにオヤジの会社で働き出して、おかんが旋盤やりよるのを見た。絶対にあかん、素人ができるはずがない。オヤジは、おかんがチョンボしたらボロクソ怒りよる。おかんは当然無給やし、オレの下の五人の子どもの世話もせないかんのに、家に帰ったらオヤジから、おい、メシはできとらんのかと怒鳴られよる。一緒に働きよるんやからできとるわけないやんか。もう、家の中はぐちゃぐちゃやった。オレは北海道に逃げた自分を責めつつ、おかんにメシ作れるわけないやんかとオヤジに怒った。

するど新しもん好きのオヤジが、そのころ発売したての電子レンジを買うてきてな、そっから晩ごはんはいっつも冷凍食品になった。

妹や弟たちは、学校から帰ったら冷凍のからあげ食べよって、そのせいか、あとになってみんなアレルギーを発症しよった。あれはおいしいけどな、あのころの冷凍食品なんて防腐剤だらけやし、電子レンジやってな、使うたびにテレビの画面がブーンいうて揺れるんや。電磁波出まくりや。身体にいいわけない。まあそれでもばあちゃんがおったから、なんとかギリギリ生活できよった。

龍平は、自分が働くことで少しでも母親にラクになってほしいと思って一生懸命働いていたけれど、しばらくすると父親が、びっくりするようなことを言い出した。

「オマエ、オマーンへ行け」

「は？　オマーン？　どこやそれ」

龍平が驚いてポカーンとしていると、父親はまた言った。

「サウジアラビアの方がええか？」

父親がなにを言っているのかさっぱりわからなくて、龍平が父親を問い詰めると、父親の会社の取引先の一つに、海外で造水装置を設置しているメーカーがあって、メーカーの担当者から、人手が足りないから誰かいないだろうかと聞かれた父親が、それならウチの息子を行かせますわと言って、龍平をオマーンへ派遣することを決めてきたのだと言った。そのころ治安の悪かった地域へ行きたがる人間は少なくて、メーカーは困っていたようだった。

龍平の父親は、取引先の人にいい顔をしようと、ええですよ、ウチの息子、どこにでも行かせますわと二つ返事をしたのだ。そして龍平は、半ば無理やりパスポートを取らされて、いきなりオマーンへ行くこととなった。父親の会社で働き出してからまだ三ヶ月目の夏だった。


「日本の夏の暑いときにな、オマーン行ったらもっと暑かってん」

「ええ？　だいたいオマーンってどこや！」

さっきまで北海道の地図を見て楽しんでいた孫たちはびっくりである。

「オマーンは中東や、アラビア半島の先っぽや」

「サッカーの強い国やろ？」

サッカーをやっている孫が得意気に言う。

「いまはな」

「じいじは、北海道の次はオマーンに行ったんかあ」

あまりの展開に、孫たちは目を白黒させている。

「明日は世界地図持ってこないかん」

「いや、持ってこんでもええ。オレはオマーンには二週間もおらんやったから」


十九歳の夏、パリ経由でオマーンへ行った龍平は、着いた早々タコ部屋に入れられて、パスポートを取り上げられた。給料は破格に良かったが、それは全額日本にいる父親の口座に振り込まれることになっていた。

劣悪な環境の中、龍平は同室の人間に、どこの会社からの派遣ですかと聞いてみた。するとほとんどの人が、金融会社からだと言った。

すぐに龍平は気がついた。

ここは、債務超過で首が回らなくなった人間が送り込まれてくるところだ。日本の山奥のダムと同じだ。外国にいるのに手元にパスポートがない。これはダムに送り込まれるより性質が悪いと気がついた。せっかくヤクザな世界から逃げ出したのに、ここにいるとまたあかんと思った。龍平は毎日、上司に帰国させてくれと頼んだが、上の人間は知らん顔だった。

「じいじはどうやって帰ってきたん?」

「うん、しゃあないからな、お偉いさんに問題起こすぞって言うてやったんや」

龍平の脅しが効いたのか、毎日毎日帰国させろと大騒ぎする龍平が面倒くさくなったらしい上の人間が、龍平を日本に戻すことを決めた。同室の人たちからは、こんないい給料なのにもったいないと言われたが、龍平は一刻も早く普通の生活に戻りたかった。

オマーンから早々に帰国した龍平に、父親は激怒した。取引先の人に顔向けできんやないかと言ってずっとぶつぶつ怒っていたが、龍平はそんなことは気にしなかった。父親は、懲りずにまた、今度はサウジアラビアへ行けと言ってきた。

龍平は、なぜ他の従業員に言わないのだろうかと不思議に思い、従業員さんたちに聞いてみた。すると、オレらは結婚してるから行かんでええねんと言われ、そうか、既婚者は行かなくてもいいのかと知った。

龍平は、結婚しようと思った。早く家庭を持って、ちゃんとした普通の生活をしたいと思った。

「そんでじいじは、ばあばと結婚したんか?」

「いや、そんときはまだ出会ってないんや」

龍平がそう答えたとき、

「なんの話しよんの」

タイミング良く、いや悪く、ばあば、いや清美が病室に入ってきた。

「オレらの出会いの話や」

「なんでそんな話しよんねん」

「ええやんかあ、なあ、ばあば、いつじいじと出会ったん？」

「なんやいきなり」

清美は孫たちの真剣な眼差しに押され、困りながら龍平を見た。

「なんでこうなっとるん？」

「オレが普通の生活したいと思うた話をした矢先にな、お母ちゃんが入ってきてん」

「なんやようわからんけど、アンタらもう帰る時間やで」

「ええぇ、まだ帰りとないわあ」

「また明日来たらええやん」

孫たちは、しぶしぶ帰る支度をする。

「じいじ、また明日な。今度はばあばと結婚する話してな」

「おう、わかった」

「そんな話せんでもええ」

清美はさっさと孫たちを病室から連れ出し、ほなまた明日なと出ていった。

「ずいぶんと濃い人生ですなあ」

同室の患者さんたちが口々に言う。

「そうですなあ、まあ、若いころに凝縮しとったいいますか……」

「そっからは平穏ですか？」

「そうですなあ、他の人と比べたことないからわかりませんけど、まあ、こうやってたくさんの孫に囲まれとるちゅうことは、幸せな人生ですわ」

「羨ましい限りですわ」

同室の患者さんたちは、本心から言っているようだった。龍平が入院してから、同室の患者さんのところにほとんど見舞客は来ていない。

龍平は、自分の人生は決して人に羨ましがられるようなものではないと思っている。しかし清美と出会ったことで、自分の人生が大きく変わったことは間違いない。

清美はどう思っているか知らないが、龍平にとって清美は、活性炭のような存在だ。清美は、龍平の生活を整えてくれて、人生を清らかにしてくれる。清美と出会えて本当に幸運だったと思っている。

龍平はいま、完全に生まれ変わったような気分になっている。孫を相手に自分の人生を振り返りながら、清美との出会いがなければ、いまごろオレはどうなっていただろうと思っていた。

「さあ、じいじ、今日はばあばとの話を聞かせてな」

今日も孫たちがやってくる。

同室の患者さんらも、龍平の話を聞くのを楽しみにしてくれている。

龍平は、少しくらいは盛ってもいいかと思いながら、盛る必要もないくらい濃密な自分の人生を、今日もまた語り出す。

オマーンから帰ってきてな、仕事ばっかりしよってもおもんないし、鉄工所におったって女の子となんか知り合えんし、そんでテニススクールに行ったんや。いや、別にナンパ目的で行ったんやないで。テニスしてみたかったしな。

「じいじはモダンやな。ワインにフランスパンにテニス」

「ほんまや、ヤクザ屋さんと絡んだりしとるけど、やっとることはお洒落やな」

「じいじは子どもんときに二つの世界を行ったり来たりしよったから違うか？」

「ブルジョアと貧乏やな」

孫たちは好き勝手に推測しているが、案外的を射ているかもしれない。

龍平は、小さいときに叔母や叔父にブルジョアの世界を教えてもらい、少しそんな趣味に傾いたのかもしれない。生き方にはオヤジの影響が出とるけどな、と龍平は思った。

そのテニススクールにな、ばあばのお母さんがおったんや。オレはばあばと出会う一年前にばあばのお母さんと仲良くなってん。

お母さんはいつも、うっとこの娘はきれいでえって言いよって、いつ紹介してくれるんやろう思とったけど、全然紹介してくれる気配がない。ま、オレに紹介するって考えはなかったんかもしれんけどな。

オレは一年くらい仕事とテニスだけをしよった。

二十歳になって、その年の正月明け、やっとばあばと出会うたんや。やっとテニスに来てくれた。ばあばはそのときまだ高校三年生やった。

ばあばはな、箱入り娘やってんで。オレと結婚するまでバレエしかやったことなくてな、オレがちょっとウソついてもぜんぶ信じよるし、こんなんやったらすぐに売り飛ばせるやんか思うくらいなんも知らんでな、オレはほっとけへんかった。

オレの人生で、初めて会うタイプの人やった。さんざんひどい目にあったオレから見ると、化石みたいな人やった。いまどきこんな人がおるんかとびっくりしたわ。名前の通り、清らかで美しかったし、オレみたいな人間とは種類が違う思うたわ。ようこんだけすくすくと、なんも知らんと育ったなあと、オレは本気で感動しとった。

ばあばはな、すっごいモテてん。テニスの帰りにいろんな男から送ったるわ言われよってな、ほんでオレに、どうしよう言うてくるから、オレは送ってもらえ送ってもらえ言うてな、オレみたいなんとおってもロクなことない思うてたから、何回もそう言うた。オレにはもったいないと思っとったんや。せやけどなんとなく、一緒におったら楽しゅうて、結局オレらはつき合うようになった。

ほんで初めてのデートがスケートや。ええとこ見せようと張りきって滑ったのに、派手にすってんころりん転んでな、あとで聞いたら、それが良かったらしい。かわいかったらしいわ。

「じいじがかわいかったんかあ」
「ギャップ萌え違う？」
「かっこつけとるんがすってんころりん転んでかわいかったんやろな」
「ばあばもきっと、自分と正反対の人間に出会って面白かったん違うか」

オレらがデートするときには、オレの下の妹や弟たちがいっつもついてきよってな、子連れでデートしよったんや。妹や弟たちも清美によう懐いてなあ、オレはもう一刻も早う結婚したい思うて清美の両親に挨拶に行ったんやけど、せめて成人式終わるまで待て言われてな、そうか、そんなら成人式の終わったあとやったらいいんか思うて、正式な承諾ももろとらんのに、勝手に四月に結婚式場予約してな、はよ四月にならんかなあって思っとった。

結婚式場の予約は、互助会の仕事しよる近所のおばさんに頼んだから、そのおばさんがオレのオヤジとオフクロに、このたびはおめでとう言うて、オレが言う前にバラしよった。おばさんとしては、バラすつもりは全然なくて、当然みんな知っとる思うたんやろな。まあオヤジもオフクロもえらい驚いて、へ？　オマエ、結婚すんか？ってびっくりや。

でも誰も反対せんやったな。育った環境がこんなに違うのに不思議や。

清美はな、デート中に具合悪うなったら、パパに電話して迎えに来てもらうわあ言うて、ほんまにパパに迎えに来てもらいよるんで。そんなお嬢さんやったんや。びっくりやろ。清美の両親も、社交ダンスで知り合うたみたいやし、ほんまに生きてる世界が全然違うたねん。

「せやけどこの人な、ほんまはちゃんと私のお父さんに返事もろてへんのよ」

いつのまにか病室に入ってきていた清美が話に入ってくる。

「え？　どゆこと？」

「結婚の挨拶に来てくれたときにな、自分の言いたいことだけ言うて、私の父が口を開く前に有無を言わさんと、返事はあとでいいんで言うて押しきってうやむやにしてしもたんよ」

清美が懐かしそうに言うので、龍平も思い出した。

「せやな、死ぬ前に言いよったな、オレは返事しとらんって」

清美の父親は、亡くなる直前、そういえば結婚の承諾をしとらんなあと言い出した。そのときは笑い話になったけれど、清美の父親はそのことをずっと覚えていたのかと、龍平は変な汗をかいた。

「なあ、じいじとばあばのお互いの第一印象は？」

女の子の孫が聞く。

「そんなこと聞きたいんか？」

清美が聞くと、

「聞きたい」

「聞きたい」

全員がそう言うから、まずは清美が答える。

「私はね、なんやこの人、いっつも笑ってはるなあって思うたわ」

「オレはな、いままでに会ったことのない女の子やなあ思うた」

龍平と清美は、言ってから少し照れた。孫たちは嬉しそうに笑っている。

「ほんでな、私は楽しかってんよ。この人と一緒におったら楽しい。ごはん食べても楽しい。デートにはいっつも小さな妹や弟がついてくるんも楽しかった」

「それにようオレの友だちとも一緒に遊んだなあ。海行ったり映画行ったり。ほんでこの人はな、オレの友だちが連れてくる女の人を、ぜんぶ奥さんやと思っとったんで」

「そうなんよ、そんときはほんまなんもわかっとらんやったから、奥さんやない、わけありの関係の女の人もおったみたいやけど、一緒におる女の人はぜんぶ奥さんやと思ってたわ」

「なんも疑わんやったもんな」

「疑うもなにも、そんな世界があることさえ知らんやったし」

「正真正銘の箱入り娘やったもんな」

「せやけどアンタ、そんななんも知らん私とよう結婚したなあ」

「いや、ありがたいとしか言いようがない。オマエはオレの活性炭やから、オマエとおったらオレはきれいになれんねん」

「ひゅー、ひゅー、ラブラブやな」

孫たちに冷やかされ、龍平と清美はますます照れている。

「よう逃げんでずっとそばにおってくれて感謝してますわあ」

「アンタ、ほんまにそんなこと言うなんて恐ろしいわ、大丈夫かあ」

「ほんま、オマエには苦労ばっかりかけたな」

「ちょっとアンタ、熱あるんちゃうか」

清美は、近ごろの龍平の素直さに驚いている。もう死んでしまうんじゃないかと思って不安になる。私は、恋愛とはなんぞや、結婚とはなんぞやなんて考える間もなく結婚して忙しい人生に突入し、そのまま一緒にいる毎日が続いているだけ。若いときは身体も弱かったけれど、そんなこと言っている暇はないから強くなった。忙しくて、夜は半分眠りながら動いていて、朝起きたらいろんなもんが電子レンジの中に入っていたこともある。冷蔵庫を開けたら会社の書類が入っていてびっくりしたこともある。毎日毎日、ただ今日やることを必死でこなしてきた。

「じいじはな、人として魅力があんねん。まあ、それにつき合うのは大変やけどな」

清美がそう言うと、孫たちも頷いた。

「私がじいじと出会ったとき、大変なことはぜんぶ終わったって言いよったけど、その辺のことはアンタら聞いたんか？」

「聞いたでえ。じいじの武勇伝」

「武勇伝なんか？」

清美が真面目に聞いたので、

「や、いろいろなことに巻き込まれただけや」

龍平はそう言い直した。

「アンタは自分から変なことつかみに行くようなとこあるからな、しんどい人や困った人がよう寄ってくるしな。やさしいからな、人をよう助けてやってるもんな」

「でもあんときは大変やったな」

龍平が真剣な顔で言う。

「あんときって？」

「白血病んときや」

「そうやったなあ」


龍平と清美の次女が一歳半のとき、白血病であることが発覚した。ちょっと転んだだけでも足に青あざができ、スキーに連れていったら身体中が青あざだらけ。近所の人からは虐待すら疑われた。次女はそのうちぐったりしてきたので、慌てて病院へ連れていったら、白血病だということが判明した。

「医者からな、生存率は30％ですって言われたんや」

「びっくりしたなあ」

「それを聞いたとき、ばあばはえらい普通にしとったから、オマエ、意味わかっとんかって聞いたら、全然わからん言うんや。頭ん中が真っ白やったんやな」

「だってこんなに元気なのにって、生存率の意味がわからんやったんよ。白血病なんて、マンガやドラマの中の話やと思うてたし、現実やと思えへんやった」

「そっからが大変やったなあ」

清美はそこから半年間、入院した次女と一緒に病院に泊まり込んだ。上の子が四歳だったから、双方の両親に助けてもらいながら病院で寝起きしていた。

清美の母親が毎日病院にお弁当を作って届けてくれて、清美がお風呂へ入りに行くときには、龍平の母親が次女の付き添いをしてくれた。ほんまはあかんねんけどねと言いながら、看護師さんたちが目をつむってくれたから、清美は毎晩次女と一緒に同じベッドで眠っていた。

「持っても五歳まででしょうねって言われてたんよ」

「ええ？　お母ちゃん、元気に働きよるで」

次女の娘がびっくりしている。

次女は、つらい化学療法に耐えた。毎日嘔吐していたが、吐き終わるとごはんを食べた。だから助かったのだろうと清美は思っている。次女は、何クールも何ヶ月も続いた抗ガン剤の投与に耐えた。生命力の強い子だった。看護師さんたちは、みんながこの子みたいやったらええのにと、毎週のように亡くなる子どもたちを見て言っていた。

あのころ次女と一緒に入院していた子どもたちは、ほとんど亡くなってしまった。清美はそれを見ているのがとてもつらかった。

「医者がな、おたくの奥さんの精神力はすごいですわって感心しとったんや。小児病棟ではな、病気の子どもを看病する親の精神が参るからな、親の心のケアをする医者がおってな、その医者がばあばのことをそう言いよった」

「私は多分な、社会にも出たことないし、バレエしか知らんし、そんときは二十四歳やったし、いまみたいにネットで情報も調べられんから、なんにもわからんのがかえって良かったのかもしれんな」

次女は、当時行われていたすべての治験を受け、認可が下りてはじまったばかりの骨髄移植を受ける直前に全快し、生還した。

退院してからも毎月病院へ検査に行き、やがて検査は半年に一度になり、年に一度になり、大人になるまで毎年検査に通っていた。運よく再発はしなかった。

「あの子は、中学生のころには看護師さんになるって決めとったもんなあ」

「自分がつらい目にあって、看護師さんにやさしくしてもろて、自分もそうなろう思ったんやろな」

「お母ちゃんはやさしいナースやで」

次女の娘が自慢げに言う。

「オレはな、娘が死ななかったってことだけで、人生に勝ったんやって思うとるわ」

龍平は、いまここにある幸せを噛みしめている。

「まあしかし、そのことがまた人生の転機にもなったんや」

龍平は、次女が白血病と闘っているとき、初めて受け取った病院からの請求書のことを思い出した。


ほんの数日分の病院代が五十万やってん。オレはびっくりしてなあ、最初見たときは五万や思うて、えらい高いけどしゃあないなあて思うたあとに、せやない、ゼロが一個多い

やんか、なんじゃこりゃー、オレらが死んでまうやんけえって思うたんや。

医者は、あとから返ってくるから大丈夫ですよ言うたけど、返ってくる前にとにかく五十万払わないかん。それも数日分や。これからもっと金かかる。

そんときのオレはオヤジの会社から給料もらう生活やったから、給料だけじゃ絶対足りひん。残業手当もないし、基本給だってむっちゃ低い。こんなんじゃ治療費を払えん。そう思ってな、これは自営せんといかん思うたんや。あの子はごっつうきつい目におうたけど、それがきっかけとなってオレは起業することにしたんや。あの子には感謝しかない。


「せやな、あんときはいっぱい借金もあったもんな」

「あれはオヤジのせいや」

龍平の父親は、結婚して子どもも生まれた息子夫婦を、自分たちの住んでいる長屋の一軒に住まわせようとした。立ち退き料を払えば出ていってくれるでと言って、長屋の数軒隣の家の人に八万円払って出ていってもらい、龍平たち家族をそこへ住まわせることにした。

長屋の家はかなり古くなっていたので、なんだかんだと修繕費もかかり、その代金は自動的に龍平の給料から差し引かれていた。

「ばあばは、じいじが子どもんときに住んどった長屋に住んだんか？」

「せやねん。私はあそこで初めて銭湯に行ったんよ」

「ばあばはな、生まれて初めて行った銭湯で、のぼせて倒れよったんや」

「ええ？」

ちょうど次女を妊娠中だった清美は、初めての銭湯で倒れてしまった。

「ほんでどうしたん？」

「近所の人らが大騒ぎしてこの人に教えてくれたみたいやけど、この人は迎えにも来てくれんやった」

「じいじ、ひどーい」

「や、行こうか思いよったら、一人で帰ってきはったから」

「それからはね、この人のちっちゃい妹らが、お姉ちゃん、一緒に行こうか言うてくれてね、いっつも妹たちと一緒に行くようになったんよ」

「じいじ、ひどい」

「この人は仕事ばっかりで、子育てにもなーんも参加してへんのよ」

「じいじ、ひどーい」

「や、あのころは、そういう時代やってん」

「あかんわ、じいじ、アウトや」

孫たちに一斉に責められ、龍平は、本当に悪かったなあと反省している。

「でもな、楽しかってんよ、長屋生活」

清美が、龍平を庇うようにそう言った。

次女が退院したとき、あんまり外へは連れていかないでくださいと言われ、長屋にはお風呂がなかったから、急いでお風呂を作った。もう清美は銭湯へ行かなくてもよくなったが、また借金が増えた。

「あのころな、じいじと一緒に長屋で育った子どもたちが大人になって、家族と一緒に長屋へ帰ってきた人たちが何人もいてな、子どもたちもみんな同じくらいの年齢やし、お母さん同士もみんな仲良くて、ずっと外でしゃべっているから、私はストレスが溜まらんで良かってん。いまの人たちは井戸端会議でけへんからかわいそうやなって思うで。長屋での生活は、私が育った環境とは全然違う環境やったけど、まさしく昭和な時代がそこにはあってな、シュミーズ姿のおばちゃんもいっぱいおったんよ」

「じいじの子ども時代と同じじゃな」

「そやねん。オレの子ども時代をそのままオレの子どもたちが体験してん」

「近所の人らがね、じいじの子ども時代をぜんぶ知ってはるから、アンタとこのお父さんはこうやってんって、いらんことばっかり教えよったんよ」

龍平の子どもたちは、龍平と同じような環境の中で育った。たくさんの子どもたちの中で上下関係を学び、年上の子が年下の子の面倒をちゃんと見ることを自然に覚えた。

「この人はな、そんとき青少年指導員になってんよ」

清美の言葉に孫たちが驚く。

「へ？　青少年指導員？」

「せや。オマエはさんざん悪いことしたんやから、今度は人の役に立つことせえ、オマエなら悪いやつのやることがわかるやろうって町内会長さんに言われてな」

「じいじが、青少年指導員！」

龍平は警察の防犯課へ講習を受けに行き、それから月に一度、警察官と一緒に防犯パトロールをした。パトロールをするときは腕章をつけた。

龍平は、自分が警察官と一緒に青少年を指導することになるなんて、夢にも思っていなかった。


繁華街に行ってな、あっこ行ったらあるんじゃないですかねって、ようシンナーの摘発しよってな。それから祭りの日には、神社の裏なんか行って、タバコ吸うたり酒飲んだりしよる子らを見つけて、こらあ、未成年があかんぞーとか注意してな、自分も酒飲みよったくせに偉そうに注意しよった。

そいつらから、なんやオッサーンて絡まれても、オレは絶対にビビらんし、オレがあまりに悪いやつらを上手に見つけるから、警察の人らに、昔だいぶやってました？とか聞かれてな。

あのころは警察の人らとも気楽に一緒に飲み会しよったから、いろいろ話しよると、え、昔なんかしてはりました？っていろいろバレそうになるからな、ボロ出さんように注意すんのが大変やったわ。

「それ、同じ穴のムジナっていうんやろ」

「わはは、よう知っとるなあ」

龍平と清美は大笑いする。

「でもな、この人もすごかってんぞ」

龍平は清美を指差す。

「なにが？」

「ばあばはお嬢さんやってんやろ」

「そうなんやけど、そのころ長屋が地上げにあってな、毎日のように黒塗りのベンツが長屋の狭い道に入ってきよってん。本物のヤクザ屋さんが、子どもたちの前でタバコ吸って遊びの邪魔をしよんねん。そしたらこの人な、本物のヤクザ屋さんに向かってな、危ないからクルマで入ってこんでください、子どもの前でタバコ吸わんとってくださいって堂々と注意しよった」

「かっこいーい！」

「いや、私、ほんま世間知らずやったから」

「本物のヤクザ屋さんが、奥さんすんませんて謝りよったな」

「ばあば、すごーい！　じいじよりすごいわ」

「この人はな、肝っ玉が据わっとんねん」

「アンタと結婚するくらいやからな」

孫たちは清美を尊敬の眼差しで見ている。

「ほんでな、結局オレらは長屋を出ていかないかんようなってな、そんときにな、オレらが住んでる家が、オレらの家じゃないっちゅうことが発覚したんや」

「え？　どゆこと？」

「立ち退き料もらうには、家の権利書がいるねん。その権利書を相手に渡して立ち退くんや。でもオレの家には権利書がなかってん」

「え？」

「オヤジがな、八万円払って出てってもろたからここに住め言うたけど、それは勝手にオヤジが決めただけで、法律的には権利がなかったんや。探しに探してやっと出てきたその家の権利書には、オレの知らん人の名前が書いてあって、そしてその人はとっくの昔に死んどって、結局オレらは他人の土地の上に勝手に住んどったちゅうことや。オヤジのせいや。さすが長屋の庭に勝手に工場を建てた男や。そんな男の言うことを信じたオレが甘かった」

「それに私らはその家を三回も改装したもんなあ」

「そや、二千万くらいかけた。でも権利書がない」

「で、どうなったん？」

「ヤクザ屋さんとの話し合いや」

「ま、またあ?」

「せやねん。オレはまたスーツ着て、覚悟を決めて出かけたんや」

「そう、この人な、オレが帰ってこんやったら警察行け言うて出ていったからな、なに言うてるんやろ思うとったわ」

清美が真面目な顔で言った。

オレはあんとき、この年になってまた同じことが起きるんやって完全に思うとったからな。トラウマや。

ほんで覚悟決めてそいつらの事務所に行ったんや。昔行った事務所よりも数倍でかい事務所やった。そいつらは、ちょっと圧力かけたろかくらいな感じでオレに詰め寄ってきたけど、オレはそんくらいじゃビビらん。

ほんで、冷静に、オレはあの家をこうこうこういう経緯で手に入れて、二千万かけて改装して、何年住んどる。せやからこんくらいもらわんと出ていけんと話した。

そしたら向こうの社長が、その気持ちはようわかるけど、残念ながら賃貸契約書がないとあかんでって言うから、なるほどな、ほんならおたくの不動産物件をオレが買ったるから、頭金分の領収書出してくれ言うたんや。新しい家のローン組むのに足りん分の金を、その架空の領収書でなんとかしよう思うたんや。自己資金があるように見せかけられるやろ。ローン通ったら領収書は返すわ言うたら、ほう、オマエ、この業界おったんか?って

社長が感心してな、そっからは話が早い。

オマエ、絶対領収書返せよ言いながら領収書出してくれたから、オレは新しい家のローンを組むことができた。オレの胡散臭《うさんくさ》い経験が役に立った瞬間やったわ。


「へえ、そうやったん。なんや私はようわからんけど、とにかく無事に引っ越しできたことしか覚えてないわあ」

清美は、龍平がいまさらりと話したことをあまりよくわかっていないようだった。だからうまくいくのだろうと龍平は思った。

「そして今度は子ども会」

清美は無邪気に、そして懐かしそうに言う。

「子ども会?」

「そうやねん、オレはなんや知らんけど、子ども会の副会長を二年、会長を二年したんや」

「この人はやさしいから、みんなのために動くから、他の父兄もよう協力してくれてな。みんなで空き缶潰したり、新聞紙を回収したりして、それで手に入ったお金を自治会に還元すんねん。自腹切って親の飲み会もするし、自らバスの手配して地域の人たちで旅行に行ったりバーベキューしたり、楽しかったなあ。この人は町内の人気もんやってんよ」

「じいじは、どこへ行っても人気もんなんやね」

「人気もんいうか、お調子もんや」

龍平は自虐的に言う。龍平は、我が子の子育てには協力しなかったのに、地域の子育てには参加していたのだ。

でも清美は楽しかった。次から次に龍平が新しいことをするので、一緒に生きてきて楽しかったなあと思い出している。

引っ越してしばらくしたある日、龍平の元に検察庁から電話がかかってきた。電話を取り次いだ清美はびっくりして、龍平がついになにかやらかしたのかと思ったが、そうではなくて、検察庁からの電話は、少年院から出て保護観察のついている少年を雇ってもらえないかという依頼だった。

龍平が以前に青少年指導員をしていたことや、子ども会の会長をやっていたことなどから、社会福祉協議会の保護司などから推薦があったらしく、龍平の会社で、そんな子らを預かってほしいと言われたのだ。すぐに龍平は、少年院から出たばかりの少年を世話することに決め、自分の会社で働いてもらうことにした。

一番初めに預かった少年は、朝、歯も磨いてこない子だったので、ちゃんと歯は磨いたか？　朝ごはんは食べたか？　というところからはじまった。次に来た少年は、計算ができなかった。一ミリの百分の一がな、と機械のことを教えようとすると、え、そんな数字あるんですかとびっくりしていた。次の少年は、世渡り上手だった。ズルいことをして、その場その場をしのいで生きていくのがうまかった。しかし限界が来る。だからまた少年院に入った。

どの子にも共通していたのは、小さいころの家庭環境が悪かったということだった。親が離婚し、再婚し、また離婚しと、落ち着ける環境ではなく、学校にもほとんど行っていなかった。だから中学校は卒業していても、最低限の教育さえ身についておらず、簡単な算数はできても数学はできなかった。漢字も読めない。お金がないから自転車やバイクを盗んで売ろうという短絡的な思考で、後先を考えないからすぐに捕まってしまう。

龍平と清美は、そんな子らに真摯に向き合った。特に清美は、あの子らは淋しいんよと言って母親のように接していたから、そのうちみんなから、母ちゃん、母ちゃんと呼ばれるようになった。父親のいない子ばかりだったので、彼らは龍平のことも社長ではなくオヤジと呼んだ。

龍平は彼らに仕事を教え、職人に向いている子には修行先を紹介し、ちゃんと税金を払えよ、まっとうに生きろよ、ズルいことばっかりしとったってあかんぞと、口が酸っぱくなるほど言っていたが、彼らはなかなか普通にはなれなかった。しかし彼らは仲間意識がとても強かったから、連携力があり、すぐに人を集めることができた。だから急場の仕事を乗り越えるのは得意だった。龍平の会社で働いている少年の仲間たちが、龍平としゃべるために、龍平の会社へ遊びに来ることもあった。

そのうちに保護が取れて、社会へ復帰し、結婚して家庭を持った子もいる。ちゃんと更生した子もいれば、また少年院に戻ってしまう子もいた。

なかなか大変だったが、彼らの世話をしたことで、龍平も清美も、子ども時代の家庭環境の大切さに気がついた。

龍平は、自分自身が少年のころ、まっとうな大人にそばにいてほしかったと思っていたから、できるだけ彼らの力になりたかったが、その力を受け取ってくれる子もいれば、いらないと思う子もいて、ときどき自分の無力さに唖然とした。そして、もしかしたら自分も、ちゃんとした大人の助言を聞き流していた可能性があるかもしれないと思った。

少年院から出た子たちを数年預かったあと、今度は刑務所から出所した人を世話してくれと頼まれて、龍平は清美と一緒に刑務所へ面会に行った。二人とも、初めはその男の感じの良さに騙された。模範囚だったようだが、それは監視官の言うことをハイハイと表面だけちゃんと聞いていたからで、男が根っからの悪人だということに気づいたのは二年ほどしてからだ。

男は、どんな仕事を教えても、ハイハイと大きな声で返事して、頑張りますと言うけれど、そのうち会社の備品がなくなり、やがて従業員のお金が消えはじめた。

男を疑わないわけにはいかなくなり、問い詰めると窃盗を認めた。しかし男は自分のしたことがバレても平然としていて、心を痛めるということを知らないようだった。

男の両親は借金を踏み倒して逃げていて、男には両親から受け継いだ借金があった。なんとか男に更生してもらいたいと思った龍平は、男の借金を肩代わりし、きれいに返してしまったのに、男はまた借金をして逃げた。

龍平と清美は、根っからの悪人というのがいるのだということを学んだ。すべての人間に愛を持って接しても、それがまったく伝わらないどころか、あろうことか返す刀で切りつけられることもある。愛ある人間を傷つけることを楽しんでいるような、良心のない人間もいて、そういう人間からは距離を置かねばならないのだということも知った。

龍平は、愛を持って子どもたちを育ててくれた清美に感謝しかない。その愛を受け継いでくれた子どもたちにも感謝しかない。

いま、清美と一緒に人生を振り返ることができる幸せを噛みしめた。清美が自分と一緒に生きてくれたことが奇跡のように思え、孫たちと帰っていく清美を見送りながら、オレはなんて幸運なんだろうと思っていた。

第四章

伝えたいこと

龍平は、気分良く目が覚めた。

朝の回診で、もうそろそろ退院しましょうかと医者から言われたので、ますます気分が良くなった。もう死ぬのかと思った瞬間もあったけれど、いまはとてもさわやかな気分だ。

午後になってやってきた清美に、そろそろ退院やでと言うと、わあ、良かったわ、ほんま？と無邪気に喜んでくれた。

「なんやアンタ、入院する前より元気になったなあ」

清美は、しみじみと龍平の顔を見る。

さっき龍平もそう思っていたところだ。

「アンタはほんまに運がええんやろねえ」

清美にそう言われ、ほんまになと思いながら、運とはなんだろうかと考える。

運がいい人もいれば悪い人もいる。確かに運とは、持って生まれたものなのかもしれないが、それは物事の捉え方次第なのではないかとも思った。

自分の身になにが起きてもありがたいと思える人間のことを、もしかしたら運がいい人というのではないか。龍平の人生には様々な困難が降りかかったが、いまはそれがすべてありがたいことだったと思える。

なんだか清美がウキウキしていて、退院したら一番になにを食べたいかと聞く。

龍平は、清美が作った料理ならなんでも良かった。なんでもいいという投げやりな選択ではなくて、清美の作った料理をなんでも食べたかった。

龍平の友人たちは、オマエんとこの嫁はん、よう逃げへんなあと言うけれど、龍平もそう思っている。結婚してすぐに子どもが生まれ、龍平の父親や母親、龍平の小さい弟や妹たちの面倒まで見てくれて、甘い新婚時代なんてなかったのに、ずっとついてきてくれた。喧嘩をすることもあったけれど、いまは昔。

「お金がこんだけいるねんけど」

若いころ、清美にそう言われた龍平は、

「金はない、ないもんはない」

と言いきった。

すると清美はそれ以上なにも言わなかった。これは最近知ったことだが、清美はさっさと実家へ行ってお金を借りてきて、生活費や教育費に充てていたそうだ。文句も言わずに用立ててくれた清美の両親はすごい。

それに比べてオレのオヤジときたら。

龍平は、死んだ父親のことを思い出す。

晩年、すっかり弱ってしまった父親が病院へ行くのに付き添っていた龍平は、しおらしくなってしまった父親がなんだか哀しくて、哀しいくせになぜか腹も立って、病院の待合室で、車椅子に座っている父親を責め立てていた。

あんときはこうやった、そんときもこうやった、あんなことしたから金がなくなったんや。龍平が父親にぶつぶつ文句を言っていると、よく周りの患者さんたちからたしなめられた。

「アンタな、お父さんはもう年なんやから、そない責めたんな」

「せやで、病人なんやからもっとやさしゅうしたらんと」

見ず知らずの人からは、病気の父親に向かってやんや文句を言っている親不孝もののうるさい息子に見えたのだろう。

「いえいえ、ウチの息子はようできとるからな、しゃあないんですよ」

そう言って父親は笑っていた。

振り返ってみると、オレはずっと父親には助けられて生きてきたのだと感謝しているが、あのころの龍平は、父親の弱った姿を見ているのが歯がゆかった。


龍平が父親の会社から独立して自分の会社を作ると宣言したとき、父親は清美に泣きついた。

「龍平が独立する言いよるけど、考え直してくれるよう説得してくれ」

清美にそう頼み込んだらしい。龍平の父親は、一番の働き手がいなくなったら自分の会社はどうなるのだろうと心配していたようだ。

龍平の父親は一度不渡りをくらったとき、銀行の人から、すみません、手形が不渡りになったから買い戻してくださいと言われたのに、なんや、そのために手形渡しとるやんかあと言って、どんなに説明しても話が通じなかった。

「あんな、手形いうのはな、銀行に預けて、それを担保にしてお金借りてんねんで。手形が不渡りになったら、それは買い戻さなあかんねんで」

龍平が何度説明しても納得しなかった。

「そんなん知るかあ、そんなアホなことあるかあ」

そう言って父親は知らん顔していた。

「金額書いた手形がただの紙切れになったんならその金額は返さんでええやんか」

龍平の父親は、龍平すらも一瞬、ん?となるくらい、わかったようなわからないような屁理屈を言い、龍平はそのとき、この人は絶対に会社を潰すと確信した。

それから突然税務署の調査が入ったときにも驚いた。

父親は税金を溜め込んでいて、ある日、事務所に税務署員がやってきた。

「ちょっと上げてもらえます?」

そう言って税務署員が入ってきて部屋の中を探し出した。するとすぐにロッカーの下から「出すな!」と張り紙された箱が出てきた。箱の中には二重帳簿が入っていて、まるまる純利益のいちげんさんなどからの帳簿が出てきて、ぜんぶ税務署員に持っていかれた。

アホや、まるでマンガやないかと龍平はあきれた。

「あんな、真面目に税金払っとったら会社なんて絶対に大きならんねん」

それが口癖だった父親を見て、こいつあかん、絶対あかん、一緒におったら共倒れやと龍平は思っていた。

龍平は真面目に税金を払うし、むしろ税金をどれだけ払ったかというのが龍平の鎧だったから、父親とは見事に正反対。龍平は、十八歳で裏社会を垣間見たから、まっとうなやり方がどれだけ大事かわかっていたのだ。

いま思うと、龍平は父親を反面教師にしていたのだとわかる。清美からは、父親にそっくりだと言われるけれど、確かに気質は同じでも商売に関してはまるっきり違っていた。

龍平は、次女の病気をきっかけに独立することとなり、一千万円の資本金で株式会社を設立した。数年後、事業が立ち行かなくなった父親の会社を買い取った。龍平の父親は、そのときのお金もすぐに使い果たしてしまい、老後の両親のためにと龍平が買ったマンションも、こんなところに住めるかあと言ってすぐに手離してしまった。

父親も母親も、年金がなかった。父親は若いころ、もったいないからと途中で厚生年金を払うのをやめていて、脱退して戻ってきたお金で高級な扇風機を買っていた。

「暑かったからな、扇風機買うてん」

涼しい顔で父親はそう言っていた。

「たっかい扇風機やな、何千万もする扇風機になったな」

のちに龍平は父親に嫌味を言ったが、父親に意味は通じていなかった。

父親は年金なんかないで、途中でやめてんからと言っていたが、龍平が調べたら、最初のころに払っていた分がちょっとだけあって、三百万くらいまとまって入ってきて、父親はそれで株を買い、あっという間に失くしてしまった。

「なんであんな株なんて勧めんねん」

父親はそう言って龍平に責任転嫁してきたが、だいたい龍平は勧めてなんかいないし、口を酸っぱくして素人は株に手を出すなと言っていたのに、龍平が株をやっているのを見て、自分にもやれると思ったのだろう。

そんな父親ももういない。あのころの日本は、あんな父親でも生きていける時代だったけれど、これからはそうはいかないだろうと龍平は思っている。だから孫たちに、大切なことを伝えておきたいと思っていた。


「いつごろ退院できるか先生に聞いてくるわ」

清美が病室を出ていく。

「宇野さん、ええですなあ、もう退院ですか」

龍平よりも前から入院している同室の患者さんたちが、心底羨ましそうに言う。龍平は、退院したらなにをしようかと、もう思考は未来へと向いている。

少しずつ長男に譲ってきた仕事も、ぼちぼち本格的に委譲したい。清美が責任者をやっているペットショップは、もう少しテコ入れしたい。時代が変わっているのに、昔ながらのやり方をやっていてはいけない。そりゃいまの時代、犬を売ったら儲かるけれど、それはしたくない。犬を繁殖させて高値で売るのは虐待だと思っている。

龍平の頭は、退院してからすることに意識が向いていて、目が爛々としてくるのが自分でもわかった。


三日後、龍平は退院した。

退院した翌日、龍平はお墓参りに行った。

昔の龍平はお墓参りに行っても、決してご先祖様にありがとうございますなんて言わなかったし、それどころか、オレが潰れたら墓も守れんぞ、誰も見る人おらんねんぞ、知らんぞ、なんてことを言っていた。しかし今回は、さすがにお礼を言った。ご先祖さんちゅうのは、どっかでちゃんと見守ってくれとるんやろなと思った。先祖あっての自分なのだと、初めて命のつながりを感じた。

数日後、龍平の退院祝いが開かれた。

折しも世間はクリスマスシーズン、退院祝いは少し早いクリスマスパーティとなった。家族総勢二十名、本来ならば龍平がサンタ役をするところ、今年は孫たちがサンタとなった。

「じいじぃ、退院おめでとう」

孫たちが、思い思いに選んでくれたプレゼントを渡してくれる。小さい子は画用紙に絵を描いてくれ、大きい子たちは小遣いを集めて買ったという熱帯魚、もっと大きい子は、ずいぶん前に龍平が話したことを覚えていたのか、気象予報士試験の問題集をプレゼントしてくれた。

一時期、龍平は気象予報士になりたいと思っていたことがあったのだが、詳しく調べてみると、気象予報士は気象を予報して、時間内に自筆で原稿を書かねばならないことがわかった。

気象は読めても、文章を書くのが好きでも、漢字を書くのが苦手な龍平は、早々にあきらめた。パソコンや携帯で打つのなら漢字も書けるが、手書きでは無理だと悟った。ああ、ちゃんと学校の勉強をしておくべきだったと思ってあきらめたのだが、あきらめたことを孫たちに言い忘れていた。

「ありがとうなあ」

孫たちの気持ちが嬉しかった。

清美の作ったおいしい料理を食べながら、孫たちと談笑していると、龍平の携帯電話が鳴った。ホスピスにいる友人からだった。

「なんやずいぶん賑やかやなあ」

「せやねん、オレの退院祝いやねん」

「なんや、オマエも入院しとったんかあ」

友人はなぜか嬉しそうに言った。

十八歳のころからの友人は、龍平と同じように会社を立ち上げ、いまや龍平の会社より大きくなった会社の会長だが、数年前にすい臓ガンになり、それからは入退院を繰り返し、いまは死を待つだけのホスピスに入っている。それでもまだまだ元気だから、ときどき暇潰しに電話をかけてくる。

「オマエ、保険いくら出た？」

「オレは保険なんか入ってへんで」

「なんやアホやなあ。オレなんか、死んだら三千万入んねんで」

「死んで金もろてどうすんねん」

金銭的に成功者の友人は、龍平に言わせると、お金の使い方を間違っている。「医者にはなんぼでも使えよ」と家族に言い、保険適用外の薬をどんどん投与してもらい、保険の効かない最先端の治療もばんばん受けていた。

友人は昔から、事業で儲けたお金を高級車などに使いまくり、病気かて金で治んねんぞと豪語していたが、いま、お金では治らない自分の病気を恨み、神も仏もおらんわと嘆いている。

龍平は、友人の家族のこともよく知っていたから、いつだったか友人の妻から相談を受けた。病院に入院中はコロナ禍で面会もままならず、友人の家族は友人の傍若無人ぶりに疲れ果てていて、このままでは私たちの精神状態が危なくなる、だからホスピスに入れてもいいでしょうかと相談された。

そんな大事なことを相談されても困ると思った龍平だったが、ええんじゃないですかねと答えると、友人は早速ホスピスに移された。それから龍平は、つき合いのあるいろんな会社の社長から、「宇野さん、あっこの会長をホスピスに入れたんやってな」と言われるようになった。

「入れたんちゃうわ。奥さんがしんどい言うて、入れてもいいでしょうかって聞いてきたから、ええんちゃう？って言うただけや」

龍平がそう言うと、「そっか、宇野さんがええ言うたらええんやろな」と全員納得する。なんやオレ、めっちゃ悪もんやんと思っているが、友人の余命はとっくに過ぎていて、とにかく生かされ続けている。

まだ死ねない友人が、電話越しに聞こえているであろう龍平の家族の賑やかな様子に耳を傾けて、少しだけ寂しそうな声で、ほなまたなと電話を切った。


「誰と話しよったん？」

孫たちが聞いてくる。

「うん、金の使い方を間違えとる友だちや」

「なんや、金の使い方を間違えとるって」

龍平は、いい機会だからと、友人のお金の使い方のことを話して聞かせた。

「へえ、そりゃいかんなあ」

「お金で命は買えんもんなあ」

わかっているのかいないのか、孫たちは口々にそう言い、

「じいじはお金なくて良かったねえ」

と笑顔を見せる。

「オマエらもな、アホな金の使い方せん大人になりや」

わかったと言う孫たちに、龍平は財布から一万円札を取り出して見せる。

「なんやもうお年玉か?」

「ちゃうわ、よう見てみい」

龍平は、一万円札を孫たちの顔に近づける。

「ほら、これはな、お金ちゃうねん」

「はあ?」

「日本銀行券って書いてあるやろ?」

「ほんまや」

「これはな、日本銀行が世界に発行している領収書なんやで」

「??」

「世界ではな、一万円が常に一万円かどうかはわからんねん」

「??」

「円相場ってわかるか?」

「うん、聞いたことはある」

「こないだまではな、一ドル百十円くらいやってん。でも円安が進んでな、いまは百三十円超えとる。円の価値っちゅうのは毎日変わるんや。先週一万円やったんが、円安が進むと、これが九千七百円になんねん」

「？？」

「一千万が九百七十万になんねん、一日で三十万も変わんねん。お金をぎょうさん持っててもな、使わんやったら一年で一割くらい減るねんで。オレは貯金が一千万あるいうても、物価が８％上昇したら、一千万は九百二十万になんねん。下手したら九百万割るねん。一年前に五十グラムの金が買えたんが、一年後は四十グラムしか買えんねん、わかるか？」

「お金の価値は不安定ってこと？」

「そや。せやからこの日本銀行発行の一万円はお金やないちゅうことや」

「うちは子ども銀行のん持ってるで」

「わはは、まあ、似たようなもんや。日本銀行が潰れたら、この紙幣はただの紙切れになるんや」

「ひゃあ、大変やあ」

「歴史を勉強したらわかるで。世界にはな、紙切れになった紙幣がいっぱいあるんやで」

「えええ、どうしたらええん？」

「大事に使うんや。儲けたら、アホみたいなことに使わんと、次のことに投資するんや、自分に投資でもええ」

「株を買うとか？」

「株はやめとき。やるんやったらプロに頼み。素人がやっても損するだけや」

「じいじは株やってるやろ？」

「うん、オレは手堅く自分の小遣いを稼ぐくらいや。確実な株しか買わんで。博打みたいな買い方はせん。細々とやっとる。オレは数字が少し読めるからな」

十八歳のころの経験から、数字が読めるようになった龍平だが、リーマンショックのときにはさすがに倒れてしまった。

忘れもしない二〇〇八年九月末、ゴルフをしているときに、友人が、リーマン・ブラザーズってとこが潰れとるよと教えてくれた。龍平は慌てて家に帰ってパソコンを見たら、口座にあった二千万円の残高が千七百万円になっていた。まあええか、三百万くらいと思い、パソコンばっかり見ていても仕事にならんわと思って見ないことにした。そして十月十日、久しぶりにパソコンを見たら、三百という数字が見えて、わあ、三百万になったんかあ、大変やあって思ったら、よく見ると、数字の前に横棒がついていた。なんとマイナス三百万円だった。

証券会社から、三日以内に補填してくださいと連絡が来て、龍平の頭は真っ白になった。慌てて金《きん》を売って穴埋めして、すってんてんになって、年末にパソコンを見ていたら目がくるくる回り出して、龍平はパタッと倒れて一週間入院した。病院で精密検査をしても原因不明。結局一週間、病院で眠り続けていた。

そのとき龍平は、ストレスというものが、知らないうちに人を襲うのだと知った。それからの龍平は、人々が、ストレスが溜まったわあと言っているのを信じない。そんなことを言っているうちは本当のストレスではないのだと思っている。


「じいじぃ、これは？」

小さな孫が、龍平の財布から十円玉を取り出して見せる。

「よう見てみ」

「あ、これは日本銀行のんやない！」

「正解や。日本のお金は硬貨だけやねん」

「わあ」

それからは、孫たちが龍平の財布から紙幣を取り出したり硬貨を取り出したりして大騒ぎ。でも龍平の財布にはあまりお金が入っていなかったから、すぐに騒ぎは収まった。

「せやからな、こんな流動的なお金のことで人と喧嘩すんのは最低やで。ましてやお金のことで人を殺したりするなんて愚《ぐ》の骨頂《こっちょう》や。強欲が一番いかん。オマエらな、学校の勉強も大事やけど、お金の勉強もせんとあかんで」

「はーい」

孫たちは、龍平の財布にお金を戻しながら、せやけどほんまにちょっとしか入ってへんなあと笑い合っていた。

ええか、人生で大切なんはな、お金だけやない。幸せの価値観なんてもんは人それぞれやけどな、いろんな人間を見てきたオレが思うに、価値観ちゅうもんは、幼いころに親に植えつけられるんじゃないかってことや。

親に植えつけられた価値観をもとにな、自ら経験を積んで、そのまんま親の価値観を増幅させていく人間、親を見下げて反対方向に進む人間、親の価値観を自ら検証して自らの新しい価値観を作っていく人間、親がいなくて価値観もなにもわからず手探りで進んでいく人間、人間は人それぞれや。

いずれにしても親ちゅうもんは、子どもが生きていく上での原点であり、踏み台でもあるんじゃないかと思うてる。

オレはな、近ごろ、さまようてる親が多すぎると感じとる。子どもにブランド物の服着せて、簡単に海外旅行に連れてって、テーマパークで遊ばせて、豪華なホテルに泊まったり外食させたり。

そんな子どもが大人になったとき、親と同じような人生を送れるスキルが身についとるならええけども、スキルを身につけさせる教育もしてへんのに豪華な遊びだけ体験させるのは、単に親のエゴでしかないんやないか。ただ単に、子どもをダシにして親が遊びたいだけに思えてしょうがないわ。

「親のダシでもええから海外旅行行きたいなあ」
「自分で働いてから行きってじいじが言いよるやん」
「そうかあ、きびしいなあ」

オレはな、親が苦労して働いて、その労働の対価としてお金を得る姿を見せることが、子どもたちに伝えられる一番大きな教育やと思う。オレはそれを見てきたし、失敗も見てきた。親は子どもに、まっとうに生きてる姿を見せることが一番大事や。

いまの時代、自分たちの老後は、子どもや孫の世代が苦労して払う社会保障費でのんきに余生を送ろうと思っとる老人が多すぎや。少子化で、確実に社会保障費は増額すんねんぞ。自分はラクして子どもや孫たちにツケを回す気や。

オレはな、親に代わって、孫に支援教育のできるじいじになりたいわ。

日本はこれから、世界に類を見んほどの高齢化社会に突入していくんやで。おまけに世界情勢も悪化の一途。オレたちは茹でガエル状態で、ぬるま湯から上がれん状態になりつつあんねんで。近ごろやっとオレも気づいたけども、オレたちは平和ボケから抜け出せんでおる。

いま、自分たちの生きづらさを、国や政府のせいにして、助成金や補助金や言うて、国に物乞いする国民が増えたような気がしとる。せめてオレの一族だけでも、まっとうなあ

りがとうを心から言える、きちんと感謝のできる人間に育ってほしいと心から願っとる。オマエら、頼むで。


「うん、わかった！」

「任せとき！」

孫たちは、本当にわかったのかどうかわからなかったが、龍平の熱意だけは伝わったようだった。


退院パーティの夜、賑やかな家族に囲まれて、龍平は人生について真面目に考えている。龍平の友人に、大学教授になった男がいる。

「オマエに会うたら絶対言おうと思うてたことがあんねん」

六十歳のときの同窓会で、友人は龍平にそう言った。

「なんや？」

「オマエな、高校んとき、オレに言うたやろ」

「なんて？」

「オマエはアホか、オレなんか陸上部で走っとるだけで大学行けるんぞ。オマエ、一生懸命勉強しとるけど、大学に通るか通らんかわからんのやろ、オマエ、アホやなあって」

「オレ、そんなこと言うたか？」

「言うたわ。オレは何十年もずーっと悔しくてな、オマエのことを思い出すたびに腹立ってな」

「そりゃ失礼しました」

「ま、そのおかげで、負けてたまるか思うて大学教授までなれたわ、ありがとうやわ」

「わはは、そりゃ良かった」

龍平は、友人の話に大笑いした。

「ところでオマエ、楽しそうやな」

「うん、楽しいで」

龍平が明るく答えると、友人は暗い顔になった。

「どないしてん？」

「オレな、夜、眠られへんねん」

「なんでや？」

「退職金もろたけど、これから金は減っていくだけやんか。人づき合いも減っていく。それ考えたら寝られへんねん。どないしたらええん」

「そんなん知るかあ。オレなんか腐るほど借金あるんぞ。寝とってもチャリンチャリン金利が落ちんねんで。代わったろか？」

龍平が真面目な顔で言うと、

「そうか、ならオレの方がマシかあ」

友人は笑った。

そこへ、医者になった友人がやってきて、

「なあ、誰かええ医者知らんか」

と話に割り込んできた。

「はあ?」

「オレな、病気の見立てがようわからんでな、いま訴えられとんねん。開業してレントゲンやら高い機械いっぱい入れたから借金いっぱいあんのに、どないしたらええ?」

龍平は、同窓会で、なぜかみんなの相談係になっていた。

同窓会のあと、右翼の人間に因縁をつけられていた友人のトラブルを解決してやり、「オマエ、なんでもできんねんなあ」と感謝された。

還暦を過ぎたころから、龍平の周りが急に慌ただしくなってきた。誰もが通る道ではあるが、友人が一人、また一人と亡くなっていくことが増え、その死のあまりの唐突さに悲しむ暇もないことがある。

中学時代の友人が、肝硬変を発症して二ヶ月後に亡くなり、通夜へ行き、静かに焼香をしていると、マナーモードにしていた龍平の携帯が鳴った。慌てて会場を出て電話に出ると、龍平の母親が亡くなったという報せだった。

友人の通夜の場で母親の死を知り、龍平は茫然としたが、次の瞬間、顔がほころんだ。

自分でもひんしゅくものだと思ったが、母親はそのころ多発性硬化症で寝たきりで、父親が三年ほど介護をしていて、三日前から体調を崩して昏睡状態に陥っていた。だから龍平は「ああ、これでやっとオフクロもラクになる」と思ったのだ。

静かな葬儀場の外の街は賑わっていた。その日はクリスマスだった。友人はクリスマスイブに亡くなり、母親はクリスマスに亡くなった。友人も母親もクリスチャンではなかったが、なんだか神の祝福を受けているような気がした。

その日は神の祝福を受けた人が多かったのか、その日の夜から葬儀場が混んでいて、龍平の母親は霊安室で二晩待たされることになった。龍平は二晩、ずっと母親のそばにいた。一方的にではあるが、ずっと母親と話をしていて、六十年間の感謝を伝え、心配をかけた詫びを言い、とても有意義な時間を持てた。しかし母親が生きている間に伝えたかったと後悔もした。

母親を見送ったあと、一人残された龍平の父親の介護がはじまった。前立腺ガンを患っていた父親を、週に二回、病院へ連れていった。龍平は、子どものころから嫌っていた父親に、文句ばかり言っていた。病院の待合室で、喧嘩でもしているように父親と話していたら、隣に座っていたおばあさんが言った。

「アンタら、いっつもおもろいなあ。漫才を聞いてるみたいやわ」

確かに龍平と父親は、診察室から呼ばれても気がつかないほどいつも二人でしゃべりまくっていて、そんな姿を見ていたおばあさんは笑いながら言っていた。

「アンタら、ほんまに仲がええんやなあ」

そう言われて、龍平はハタと気づいた。

（オレはオヤジが好きなんかもしれん）

龍平は、六十歳を過ぎてやっと気がついた。

その後、龍平の父親は、ガンが進行することはなかったが、介護病院へ入った。

ある日、龍平がお見舞いに行くと、父親は突然、龍平に手を合わせ、ありがとうと言った。そしてそのまま昏睡状態となった。数日後、妙な胸騒ぎがするので仕事帰りに病院へ行くと、父親の心電図のモニターの波形が動いていなかった。

「オヤジ、大丈夫か！」

龍平が慌てて胸の辺りを叩いたら、心電図の波形が動き出した。

（ほう、これが蘇生ってやつか）

龍平が感心していると、医者が病室に飛び込んできて、心臓マッサージをはじめた。それを二、三分、ボーっと眺めていた龍平は、急に我に返って言った。

「オヤジはもう十分生きたので、オフクロのところに行かせてやってください」

龍平が医者に蘇生を断ると、心電図は静かになり、父親は九十年の生涯を終えた。

龍平は、眠るように横たわっている父親に、ありがとうと言った。

「じいじ、なにぼうっとしとんねん」

「疲れたんかあ？」

「もう横になるか？」

孫たちはなんとやさしいのだろう。龍平は我に返り、再び友人の話をはじめる。

あんな、自分が出した火事の最中に電話してきた男がおんねん。

「龍ちゃん、いまオレのアパート燃えてんねん」

「燃えてるて、おかんは？」

「おかんは連れ出してんけどな、いやあ、龍ちゃん、これどこまで燃えるんかなあ」

のんきにそない言いよんねん。


「え、その人、自分が出した火事を眺めとったんかあ」

「そや、ウソみたいやけど本当の話や」

「ひやあ、誰も死なんやったん？」

「うん、不幸中の幸いやな、アパートが燃えただけやった」


そいつはな、車のディーラーの仕事をしとってな、昔は派手な生活しとってんけどな、クビになってん。なんでかっていうとそいつはな、遊ぶ金ほしさに、潰れた車が入ってきたらそれをバラしてきれいなとこだけ取って、会社に内緒で横流しして、売った金を自分の懐《ふところ》に入れよったんや。そんなんいつかはバレるわ。

ほんでついに会社にバレてクビになって、奥さんに離婚されよった。家も年金も奥さんに持ってかれてな、住むとこもなくなった。せやからそいつは自分の母親を抱えて市営アパートに入居したんやけど、寝たばこで火事を出しよった。目も当てられん。

火事を出してしまい、もう市営アパートに入れなくなった友人は、住むところがなくなって、かわいそうに思った龍平は、清美名義の空き家を貸してやることにした。でも友人は、家賃払われへんと言うので、それはヤバイ、清美がぶち切れると思い、なんか商売せいと言ったけれど、そんなのんきな友人にアイデアがあるわけはない。

そこで、とりあえずその家の一階で居酒屋をしろとアドバイスした。アドバイスというより、龍平がすべて段取りまでしてやったのだが、そこにちょうど新型コロナが流行りはじめた。しかし補助金が出るだろうと踏んでいた龍平は、補助金が出ている間に料理の勉強をしろと言って、家を改装して店を作ってやった。

友人の以前の会社で働いていた女の子を一人スカウトして従業員として雇い、ビールの注ぎ方から練習してもらった。緊急事態宣言によって店を開けたり閉めたりしながらも、なんとか店は順調に滑り出した。

そんなとき友人は、店の向かいの喫茶店のおばちゃんと夜釣りに行ってくるわあと言ってのんきに出かけ、朝にはそのおばちゃんといい仲になった。それからそのおばちゃんが居酒屋に入ってくるようになって、あの子、辞めさし、と従業員の女の子を邪魔者扱いし、だんだんと店のことに口を出すようになってきて、結局、友人は従業員の女の子を辞めさせた。

「おばちゃんすごいなあ」

「てゆうか、じいじの友だち、アホちゃうか」

そや、アホや。そいつはな、電話一本で、もうええわ、明日から出てこんでええわ言うて女の子を辞めさしよった。私、クビなんですか？と聞く女の子に、うーん、そうなるなあって言いよって、その会話を録音しとった女の子に労働基準局に訴えられて、八十万くらい取られよった。

アホか、オマエ、従業員はバイトとちゃうねんぞってオレは言うたんやけど、友だちはそのおばちゃんに逆らえんようになっとって、はあって言いよった。

もう逃げたいねんって言うんやけど、逃げられるかいな。そのおばちゃんは七十歳くらいやけど、朝から喫茶店やって、午後三時に店閉めてそいつの居酒屋に来る。オマエ、どんだけ下半身に人格ないねんっちゅうて怒ってもあとの祭りや。

結局、国からの補助金あったから、一年で改装資金はペイできたんやけど、二年目になったら、勝手に補助金入ってくるからいうてあぐらかいとんねん。そんなんな、いつまでも続かんねんぞ、補助金なんかもう終わりやで言うても、はあって言いよる。

国がアホやから、店の大小関係なく一律六万円いうて、小さな居酒屋にも一日六万円バラまきよったけどな、補助金にも税金かかるからな、これからが勝負や。ちゃんと税金払わんと、次の段階にステップアップできへんねん。入ってきたお金は、次の事業の資金に回さなあかんねん。店に投資して、ちゃんと領収書取って、先のことを考えてやり繰りせないかんのや。

ある日、そいつの母親から電話がかかってきよった。

「龍ちゃん、どないしよ。またあの人来てんねん。勝手に入ってきて二階に上がってくんねん」

あいつの母親は、おちおち寝てられんって嘆きよった。

オレはあいつに、オマエな、いい加減見捨てるぞって言うたけど、いまだにおばちゃんから逃げられんで困っとる。

おばちゃんから見たら、そいつには利用価値があるからな。そんなな、人を利用するような人間からは距離を置かんといかんねん。でもまあそいつも、ズルいことしたり人を騙すようなことしとったから、因果応報《いんがおうほう》やな。

「なんでじいじの友だちはそんな人ばっかりなん？」

「そんな人ばっかりでもないで」

「でもじいじが話してくれる友だちはみんなそうや」

「それはな、教訓として、そんな友だちの話をしとるんや」

借金から逃れるために、六十歳を過ぎてから再婚し、名字を変えた友人もいる。いまの時代にそんなことしても借金から逃れられるわけはないのに。

離婚して、全財産を妻に持っていかれた友人もいる。それを知り、龍平は清美が逃げ出さないでいてくれることに感謝している。

不動産業をやっている友人は、あるとき高校球児に目をつけた。才能があってプロ野球にスカウトされて、十八歳で莫大な契約金をもらうような高校生。そんなお金の使い方もわからない十八歳に大金が入ると、人生が狂うこともあるし、家族も舞い上がり、あっという間に家を買ったり車を買ったりしてしまい、そして確定申告したあとに税金を払えなくなることがよくある。七千万、八千万の契約金をもらうと、一千万くらいの税金がかかってくるのだ。

友人はそんな子らに、ワンルームでいいからマンションを買うよう勧め、それを人に貸して家賃収入が入るようにしてやる。野球選手なんていつ身体を壊してしまうかわからないので、リタイアしたあとも家賃収入があれば助かる。友人は、年間数人の子にマンション売るだけで相当な収入になるし、買った方も損はしない。

「わあ、悪徳不動産屋やないん？」

「悪徳やないで、それはウィンウィンいうて、どっちも満足する商売なんや」

あんな、売る人間と買う人間、そのどっちもが幸せになるような商売をせんとあかんねん。

百円のもんを仕入れて二百円で売るんが商売やけど、買った人が良かったあって言うてくれれば商売、騙されたあって思われたら詐欺や。そこに必要なのは誠意とコミュニケーション能力や。

ほんでな、二百円で売れたら利益の百円を次の仕入れに回すんや。なんもせんと口先だけ使って右から左に商品流してるだけなんはあかん。入ったお金は、次にお金を生み出すようなことに回さんといかん。お金ちゅうのは回るもんなんや。お金の流れに逆ろうたらいかん、ロクなことはない。お金の流れには巻かれていくんや。追いかけてもいかん。

オレはな、宝くじも買うたことないで。宝くじは博打やからな。宝くじも、博打の大穴狙いも一緒なんや。買うとしたら一枚でええ。

博打で大金当ててみ、ロクなことないで。金の使い方もわからん人間が大金持ったら、寄ってたかって悪いやつらに騙される。宝くじで十億当てたかて、たかが十億や。飛行機買うて家買うたら終わり。それらの維持費は大変やんか。

株かてな、オレは確実なもんしか買わん。新規公開株なんて買わんねん。そんなん買うんやったら自分とこの会社に投資した方がええわ。

クルマなんてな、丸々負債やねんぞ。まあ、トラックとかダンプとか営業車は別や。買うんやったら値上がりするもんを買わんといかん。値上がりするもんが資産なんや。ランボルギーニとかブガッティとかフェラーリとかな、そんなんは資産や。作ってる台数が少ないから、どんどん値上がりしていく。誰かがほしい言うても、ああ、五年待ちです言われたら、じゃあ中古でええわてなって、中古がえらい高値で売れる。五年待たないかんところをすぐ買えるんやから、三千万でも三千五百万でもええ言うて売れる。それがお金やねん。

でもオレはな、高価な時計やクルマを、こつこつと貯めたお金で買うなんてことは絶対にできひんねん。なんでか言うとな、一千万のクルマ買おう思て、さあ、一千万貯めるぞって決めても、貯めよる期間に気持ちも状況も変わってくるやんか。せやからオレは、ほしいもんはすぐにローンで手に入れんねん。

オレは幼稚園のころから、叔父さんや叔母さんにダダこねてほしいもんはすぐ買ってもらいよったから、この悪癖《あくへき》が、ばあばのストレスになっとるんもわかっとるんやけどな。オレはそのローンを払うために、月に二、三日、真剣に株に向き合うけども、どれだけしんどいか。胃がきりきりするわ。

「そんなん買えへんかったらええやん。ばあばにも怒られんで済むやんか」

「せやで、じいじ、アホやなあ」

「はい……」

それとな、お金を貯めるコツはな、お金のことを忘れることやで。定期預金積み立てて、あと何年で満期やあって考えとるのはあかん。それを忘れて初めて資産になるんや。

とりあえず、お金は使いにくいようにもっていく。財布の中に入れてしもうたら終わりやねんな。どこに使うたかわからへんようになる。オレはな、入金されたお金はすぐにATMに入れるし、夜になったら株にボンボン分けてまう。そしてお金がどこにいったか忘れるんや。

「せやからじいじの財布にはちょっとしかお金が入ってないんか」

「そうや」

「忘れて大きくするんやね」

「そうや」

「忘れてると回るんか？」

「そうや」

「はよ完全に忘れてオレらに回してな」

「わはは」

いつの間にか、龍平の話はお金についての授業になっている。いまはぼんやりとしかわかっていなくても、孫たちがいつか自分で稼ぐようになったとき、オレの話を思い出してくれればいいと思っている。

しかしお金の仕組みをわかったとしても、心配なことはまだある。

ニヒリズムだ。虚無的な思考にとらわれると、人間は人間でなくなるのではないかと心配している。

コロナ禍で、龍平の友人が一人命を絶った。

仕事も順調、会社は息子が継いでくれていた。ゴルフが趣味で、いつもどうすればいいスイングが振れるだろうかとばかり考えていた友人が、ある日、ビルの上から飛び降りた。亡くなったあとには借金もなく、三千万円の預金だってあった。

いつだったか会ったときに、その友人が暗い顔をしていたので、龍平は彼を笑わせようと、「ホラ、見てみ」と、すっからかんの財布を開けて見せた。

「オレな、借金が二億あんねん」

龍平がそう言うと、友人は「ええなあ」と言った。

「ええことあるか」と龍平が返すと、友人は苦笑いをした。

「ほんまにオレは資金繰りで首が回らんねんで」と言うと、

「オレはスイングが回らん」と友人は言った。

「そんなん幸せな悩みやんかあ」と龍平が言い、友人はまた苦笑いをした。

龍平は、そんな友人のことが少し心配ではあったが、まさか死ぬとは思わなかった。死ぬ前日の土曜日の夕方、酔っ払った友人から龍平に電話があった。

「オマエ、明日、ゴルフか？」

龍平は聞いた。

「いや、こんな時代やし、もうゴルフには行かん」

「そうなんか。コロナももうすぐ終わるで」

「そうかなあ。オレな、生きとってもなんも楽しいことがないねん」

「なん言いよるんや」

「人生は順調やし、なんも思い残すこともないんや」

「ええやんかあ」

「いつ死んでもええねん」

「ほう、そりゃええなあ」

龍平は、軽い気持ちで相槌を打った。

日曜日、友人は亡くなった。

月曜の朝、彼の息子が仕事に行くでえと父親の家に行ったら、父親はいなかった。友人の妻は、親の介護のために実家に帰っていた。息子が、オヤジはどこ行ったんやろと途方に暮れていたところに警察から電話が入り、昨日事故死された方がいるので確認してもらえませんかと言われたらしい。

すぐに確認に行った友人の息子から、龍平に電話があった。オヤジが死んだんですと言うので、龍平はてっきり交通事故かなんかかと思ったが、どうやらビルから飛び降りたようだった。

龍平は友人と電話で話したことを思い出し、オレはいらんことを言うたんやないかと落ち込んだ。友人の悩みを見抜けなった未熟さと愚かさから、自己嫌悪に陥った。

葬儀のとき、友人の息子に、「なにかあったらなんでも相談してくれ」と言うと、「いつもありがとうございます」と頭を下げてくれたので、龍平は少しだけ救われた。

友人が死んで一ヶ月後、友人の孫が生まれた。

死ぬんやったら孫の顔を見てから死ねよと龍平は思ったが、友人は真面目すぎたのかもしれないと思った。うつ病になって、死に憑りつかれていたのかもしれないと思った。友人がなぜ死んだのかわからないが、友人の虚無的な笑い声が、いまも龍平の脳裡に焼きついている。

「なんでも夢を叶えてしまうと人は退屈するんかな」

孫の一人がそう言った。

「面白いことがないなんて、かわいそうやな」

「長生きすると、楽しいことがなくなるんかな」

「本音を話せる人がおらんやったんやろか」

孫たちは、龍平の友人の死について、真剣に考察を巡らせている。

なんであいつが死んでしもたんかわからんけどな、多分、真面目すぎてもいかんし、アホすぎてもいかんし、バランスが大事なんやろな。とにかく感動する気持ちが大事なんや思うわ。

いまの時代、ニヒリズムっちゅうもんが流行っとってな、なにを見てもなにを聞いても感動せんと、それは知ってますとか、それはどうたらこうたらですと理屈ばっかり言いよって、変に醒めた目をする人たちが増えとる。ジェットコースターに乗ったって、わあ楽しいって感動せんと、この機械はこういう仕組みで人にGをかけてわくわくさせるんやとか屁理屈を言うて、目の前の楽しみに水を差してくる。

ネットのニュースなんか見ても、へえっとも思わんで、それはぜんぶフェイクニュースやいうてポーカーフェイスに構えとる。現実を見ようとせんねん。そりゃネットのニュースかてな、半分は本当で半分はウソや。でもな、情報をきちんと精査して、それが正しいか偽物かわかるようにならんといかん。この時代、山のようにあふれとる情報が、事実かどうか見極める思考能力がいるんや。

「それ、一番難しいねん、学校でもよう意見が分かれんねん」

高校生の孫が言う。

「流れてきた情報を鵜呑みにしとったらいかんぞ。それが正しいかどうか、じっくり調べて、自分の中にあるセンサーみたいなもんの精度を磨かんといかん」

「どうすりゃええん」

「なんでもちゃんと自分の頭で考えて、ちゃんと心で感じるんや。人の考えを自分の考えみたいに思うのはラクやけど、それは浅はかな人間がすることや」

龍平の勢いは止まらない。


いまの世の中、偏差値の高い人間が国を動かしよるけど、偏差値だけではまともなことはできんねん。たとえば、デフレのときに緊縮財政《きんしゅくざいせい》したら給料は上がらへんし、だんだん下がっていくんやけど、財務省の人かてようわかってる思うけど、上から言われたらその通りにせないかん。プライマリーバランス守らないかん。上から言われたことと違うことしたら自分のキャリアに関わるから、黙って思考能力を失くしていくしかない。上の言うことに異議を唱え、自分で考える人間は出世できんからな。そんな思考能力のない人たちが日本を動かしよるんやからな、そこに関してはオレらにはどうしようもない。せやからな、オレらは選挙に行くしかないんや。

どうせオレの一票なんか入れたってなんにもならんと考えるのもニヒリズムや。

そんなこと言うてるやつに限って国の政策に文句たれよるけど、選挙に行かんやつに文句を言う権利はない。文句言うなら選挙に行け。

オレは友だちにもよう言うてる。一票くらい入れても一緒や言う友だちに、オマエんとこの従業員何人おるんやって聞くと、五十人やって言う。従業員五十人おるなら、五十人に行けって言うたら五十票やんか。従業員が家族で行ったら、百票にも二百票にもなるやんか。オレの一票じゃなんも変わらんやないんや。

これからは十八歳で選挙行けるようになるけど、ちゃんと学校で選挙に行くように教えんといかん。先生が自分の思想を押しつけたらいかんけど、なぜ選挙に行かなあかんかは教えられるやろ。オマエらも、大人になったらちゃんと選挙に行くんやで。

「私は来年選挙に行くで」

十七歳の孫が言う。

「大きくなったら私も行く」

「オレも行く」

龍平の孫だけで十票。

熱く語っていた龍平は、喉がカラカラになり、孫たちを置いて台所へ水を飲みに行った。

龍平と清美の家の広いリビングには、大きなクリスマスツリーが飾られている。ツリーの下には、ダルメシアンのバディが気持ち良さそうに寝転んでいる。ワインや日本酒や焼酎を飲み、わいわいとしゃべっている子どもたち。孫たちは、走り回ったりソファにじっと座っていたり寝転んだり、それぞれが好きなスタイルで龍平の話を聞いていた。

いま龍平が立った席が空いている。龍平は、龍平の帰りを待っている孫たちを見て、オレの葬式はこんな感じでやってほしいと思った。

台所では、清美がひと休みしていた。

「疲れたん違う？」

清美が気遣ってくれる。

「うん、大丈夫やで。オマエこそ疲れたやろ」

「私は楽しいわ」

「オレもや、なんや最後の晩餐みたいやな」

「はあ？」

「いやあ、幸せやなあ思うて」

「なに言うてるの、アンタは何度も最後の晩餐やってるやん」

清美が五十歳のとき、清美は初めて同窓会へ行き、それから同級生たちと遊ぶようになり、ときどき夜に家を空けるようになった。すると龍平は下血した。オレは大腸ガンやと大騒ぎして、オレは死ぬわあ、最後の晩餐やあと言い、子どもや孫たちを引き連れて食事に出かけたことがある。病院へ行って検査をすると、龍平の下血は単なるストレスによる下血だった。

それからちょっと頭が痛かったとき、ネットでいろいろ調べた挙句、オレは脳腫瘍やあと言い、オレは死ぬわあ、最後の晩餐やあと、またみんなで食事に行った。

清美によると、龍平は「あかんたれ」だ。

清美が友だちと出かけると心配でストレス性の大腸炎になり、初めての頭痛に子どものように大騒ぎする。子どもや孫たちには偉そうにしているけれど、清美がいないと龍平はオロオロするのだ。

「アンタは死ぬ死ぬ詐欺やからな」

清美が笑うと、

「こうなったらオレは、嫌がられるまで生きたらあ」

龍平も笑う。

孫の一人が龍平を探しにきて、清美と龍平が笑い合っている姿を見つける。

「わあ、じいじとばあばがいちゃいちゃしとるう」

「してへんわ」

龍平と清美はまた顔を見合わせて笑い、一緒に孫たちのところへ戻った。


「ばあばはなんでじいじと結婚したん?」

「一緒におったら楽しいからや」

「いまも楽しい?」

「そうやね、退屈してる暇はないわ」

清美もさっきから龍平の友人の話を聞いていて、本当にこの人には、しんどい人や困っている人が寄ってくるんやなあと思っていた。まあ、自分から変なことをつかみに行く人だとは思っていたけれど。

「私はな、働いたことがなかったのに、いきなり店やれ言われたんやで」

「ええ？　いきなり店長かあ」

孫たちが目を丸くしていると、龍平が、清美を指差して言う。

「や、この人はな、なんでもこなしはんねん」

「私には発想力はないねんけどな、言われたことはぜんぶやるねん」

「それも完璧にな」

龍平は、清美のことをまぶしそうに見る。

「へえ、じいじが発想係で、ばあばが実行係なんやね」

「そうや、この人が絵を描いてな、私が色を塗るねん」

「へえ、最強のコンビやなあ」


清美には、根気があった。

結婚したばかりのころは疲れてよく寝込んでいたが、子どもが次々に生まれ、次女の入院などもあり、寝込んでいる場合ではなくなって、気がついたらいつの間にか丈夫になっていた。

子どものころ、バレエにオルガン、ピアノに絵、毎日優雅な習い事ばかりやっていたのに、結婚してからは、子育てと家事と仕事と介護に追われていた。でもそんな中、トリマーの資格を取るために、三十四歳のときからは二年間、専門学校にも通った。バレエを続けてバレエの先生になったように、清美は、なにかをやるならそれを極めたい気質なのだ。そして何事も完璧にやるのが好きだったから、龍平に言われたことを完璧にこなすのが楽しかった。なにもわからないまま龍平についてきたけれど、清美には、その人生を楽しいものとする才能があった。

龍平には、独創力があった。

小さいころから算数が好きだったけれど、成績は悪かった。なぜ成績が悪かったかというと、試験のときに、一問解くのに時間がかかりすぎたからだ。その一問の答えは合っているのだが、先生に、この答えはどうやって導いたんやと聞かれ、こうこうこうですと説明すると、授業で教えた公式と違うやんかと言われる。

龍平は、オリジナルな公式を見つけ出し、数学の問題を解いていたのだ。授業で丸暗記させられる方程式が好きではなく、自分のやり方で答えを導き出したかったのだ。

「せやけどこの方程式を使う方が早いやろ？」

「せやな、早いな」

先生の言うことはもっともだったけれど、根本的に決まったやり方が好きではない龍平は、授業を聞いていなかったということもあり、自力で、自分なりの方程式を発見していた。そしてそれに時間がかかるから、テストでは一問しか解けなかった。でも数学は好きだった。

「ルートやらサインやらコサインやらタンジェントやら、みんなズルいやんけ」

「でもオマエな、それらを使えば、こんな紙一枚に計算せんと答え出るやんか」

「そんなんなあ、答え出せいうから書いてんやろ。答え合っとんやからええやんけ」

「まあな、これは合うてるけど、他の問題が全然手つかずやんけ」

龍平は、せやからオレはアホやねんと思っているけれど、いまでもたまに夜中にパッと目が覚めて、夢の中で考えついたことを探すことがある。起きた瞬間に消えてしまう思考を、脳の中へ、必死で探しに行ったりする。

龍平は、考えることが好きだった。自分なりの方程式を見つけることが、なによりも楽しかった。

オマエらな、自分の人生の方程式は自分で見つけ出すんやで。

「人生の方程式？」

「人生の生き方や」

自分の方程式を見つけるためにはな、友だちやら周りの人間を観察することや。本を読

むんもいいけど、読まれへんなら周りの人の生き方を見ろ。一人の人生を知ることは、一冊の本を読むんと一緒やからな。それもあかんかったら親を見ろ。そして親の失敗を見とけ。

親の言う通りに生きるなよ。真面目な人間は、親の言うこと聞いて、ええ大学入ってええ会社入ってこつこつ働いて、定年したら、年金は少ないわ、親の面倒は見んといかんわで、晩年になって親に腹立ってくる。

ええ大学出て、ええ会社入ったら、ええ人生があるなんて神話は、とっくの昔に崩壊しとる。そんなもん最初からなかったんや。

昔、いつかはクラウンっちゅうテレビのCMがあってな、クラウンに乗ったら人生成功、カローラの次はクラウンやっちゅうて、みんな頑張って働きよったけど、それはただ商品売るためのキャッチコピーに洗脳されとっただけや。いまの若い子のすごいところは、そんなキャッチコピーに乗らんところやな。

時間とお金の奴隷になるのが一番いかんことやで。時間の奴隷になるんは身売りや。時給いくらで買われることや。今月はお金ないから休みの日にも働こう、そして、よし、よう働いたから自分にご褒美や言うて、高いもん食べに行ったり洋服買うたりなんてすんのは、それこそ時間給の無駄遣いや。自分にご褒美なんていうんも、商品売ったり来客を促すためのキャッチコピーやからな。そんなんに乗せられたらあかんで。テレビやネットに騙されたらあかんで。

仕事ちゅうのはな、どんだけの時間働くかやのうて、どんだけの付加価値を生み出せるかや。そのためには右脳を働かせるんや。


「右脳？」

「右の脳や」

「左もあんのか？」

「ある。左脳や」

「どう違うんや？」


右脳が発達するとな、直観や感情で物事を見られるようになって、いろんなことに感動できる。感動するから想像力がひらめくんや。

左脳が発達するとな、理性や分析力がアップするけど、行きすぎると数字のことばっかり考えるようになって、ニヒリズムに陥る。やがて生きるのが嫌になってくる。

まあ、バランスがいいんが本当はいいのかもしれんが、これからの世の中は、右脳人間が増えた方がいいと思っとる。

右脳で生きとると、どこにでも住めんねん。あ、ええなあと思ったら、知らん土地にでも住める。流れていける。左脳やと、ここは駅から何分で家賃がこんだけでと考えて、なんだかんだと住めん。

オレはな、これからの日本のためには、右脳人間が増えることを望んどる。いまのオマエらみたいに、なにを聞いてもなにを見ても、へえっと素直に感動できる人間が増えることを願っとる。知らんことを知らんと素直に言えて、それを知ろうとする好奇心を持ち続けてほしい。

それからな、ズルいことはするな。人を騙して金儲けするんは絶対にいかん。嘘をついたり、人を騙したりしたら、夜、布団の中で寝心地が悪いやろ。人を騙すと損するんやで。誰にもわからんやんて言うけど、自分が一番よう知っとるねん。せやから寝心地が悪うなる。

人間はな、一日一日、機嫌良う眠れるんが一番や。

それからな、知恵をつけとけよ。知恵があれば、絶体絶命になってもなんとかなる。人間、死ねへんかったらええねん。自分に正直に生きてたらなんとかなんねん。

「じいじ、わかった」

「でもなんやじいじの遺言みたいやな」

「ほんまや、じいじ、もう死ぬみたいやんか」

「いや、じいじは絶対まだ死なんで」

「せやな、生き生きしとるもんなあ」

孫たちは好き勝手に言っているが、もちろん龍平は、まだまだくたばる気など毛頭ない。

もっともっと、彼らに伝えたいことがある。やりたいこともたくさんある。オレの第二、第三、第四の人生が、これからまたはじまるのだと思っている。

　やがて龍平の口数が減ってきたところで退院祝いはお開きとなった。

　子どもたちと孫たちは上機嫌で帰っていった。


　龍平と清美は、ふうと言ってソファに座った。

　今夜も機嫌良く眠れそうな龍平は、ソファでうとうとしはじめている。

「お父ちゃん、ちゃんとベッドで眠りいよ」

　そう言って台所へ行った清美が、少し片づけをして水を手に戻ってくると、もう龍平はソファでぐっすり眠っていた。清美は、龍平を起こしてベッドへ移すことはあきらめて、水を置いて寝室から温かい掛け布団を持ってきた。そして龍平に布団をかけながら気がついた。龍平の手になにか握られている。それは手紙のようだった。清美は、龍平の手の中からそっと手紙を取った。封筒の口から、三枚の便せんがはみ出している。きっとさっきまで読んでいて、戻しながら眠ってしまったのだろう。

　悪いかなとは思いつつ、はみ出して見えている便せんの文字の強い筆圧に導かれ、清美は手紙を開いてみた。そして、数枚の便せんに書かれた言葉を読みはじめた。

孫たちへ

オレは、これまでの生涯の中で、不幸にも本当の大人に接したことがない。学力もなく、偏差値も低く、有名大学に入学できるわけもなかったし、ましてや恩師と仰ぐ人もいなかった。

オレはそれを補うために、若いころからむさぼるように自己啓発本や著名人の伝記などを読み、いろいろなセミナーにも参加してみたが、どれも人間関係、幸福論、いかに裕福な老後を迎えられるかということばかり書かれていて、最終的にはそれらにはお金が絡んできたりもして、自慢的な成功論が多かった。

それらにあまり共感できるものはなく、オレから見ると、あたりまえのことしか書いていない。それよりよっぽど、オレが思春期に関わった人間たちの方が、生きていく上ではためになる存在だった。

だが、強欲で利己主義な人も多く、事業に成功して大金をつかみ、裕福な暮らしを送っているのに、なぜか幸せそうに見えない人がいる。成功したはずなのに、大らかさのかけらもなく、常に浮かない顔で愚痴を言っている人もいる。

ふと、昔に読んだ本の一説を思い出した。

「原則を破ることはできない。それを破ろうとすると自分自身が破れるだけだ」

確か、ここに書かれた原則とは、「愛、誠実、正直、忍耐、奉仕、貢献、勇気」

だったと思う。この一説に照らしてみれば、納得できる人ばっかりだった。

もしかしたらオレも、そんな部類に入るのかもしれないが、オレはすこぶる幸せである。入院したときも死の恐怖はなかったし、素晴らしい人生だったなあと思えた。まあ、周りにはずいぶん迷惑をかけてきたから、これからつぐなっていくつもりである。

オレは自慢じゃないが、老後の蓄えもない。しかしさほど気にしていない。少量の金なら湧いてくる。十代のころに身につけた株式投資のスキルが、いまになって役に立っている。

株式投資はギャンブルではない。究極、商売である。売り手と買い手の駆け引き、いかに情報を仕入れ、心理戦に勝つかである。どんな資格も通用しない。

ファイナンシャルプランナーの資格を持っている人が、何千万も損を出したということを、投資サイトで見たことがある。どれだけ投資の本を読んでも、どんなプロでも、常に利益を得るのは難しい。だから一般人は、投資総額の多い投資信託に一任するのがベストである。投資の世界では、「長いものには巻かれろ」が鉄則である。

お金を銀行に預けても、インフレになれば減っていく。ましてやタンス貯金なんかは国賊である。オレオレ詐欺に持っていかれるのがオチである。

本当に、この国の人は金融リテラシーが低い。

オレはオマエたちにお金の教育をしたいと思っている。

最近オレは、ＳＮＳや有料情報サイトで情報を仕入れ、こつこつと小遣い稼ぎをしているが、先日、総務省のデータで、高学歴のニートが増加していると読んだ。ふと、オレの頭に、十八歳のころの北海道でのことがよぎった。

国立大学に入ったはいいが卒業もせず、三十歳にもなろうというのに昼間から酒を飲み、日本の悪口、理想論ばっかり言っていたプライドだけは高いやつらのことを思い出した。オレから見ると、ニートの根源に思えた。

あれから日本は高度成長期に入り、バブルが膨らみ、崩壊した。それから失われた三十年がはじまり、オレが十代、二十代のころに描いていた壮大な妄想を描けない人間が増えた。せめてオマエたちには、大きな夢を描けるように育ってほしいと思っているが、最近、この近代世界で、内戦ではなく侵略戦争が勃発した。詳しい経緯はわからないが、人間は本当に進化したのかと疑問に思った。

確かに文明はすごい勢いで進化しているが、お金があれば幸せな生活が送れるという幻想だけが膨らみ、進化したのはお金に対する強欲だけで、幸福認識のレベル低下がまん延しているように思う。オレは学者でも有識者でもないが、いろいろな書籍を読んで、江戸時代、大正時代の人たちの方が、はるかに幸福感に満ちあふれていたのだろうと思っている。

オレはオマエたちに、希望と夢を語れる人生を送ってほしいと思っている。そのためにせめて、オレ自身のみじめな経験を語り、自分自身の頭で幸福とはなにかを考えられる人間になってほしいと思い、オレの物語を話した。文句たれの頑固じじいと思われても構わない、オレの人生の物語から、なにかを感じてもらえれば本望である。

手紙を読んだ清美の口から笑みがこぼれた。これは遺言のような「じいじからのメッセージ」だ。清美は、漢字もよう書けとるやんと感心した。

龍平の熱い想いが綴られた便せんをしまいながら、この手紙には、愛がたっぷり詰まっていると感じた清美は、思わず封筒を両手で高く上げ、恭しく頭を下げた。そして、そんなことをしている自分がおかしくて笑った。

ソファで寝ている龍平が、清美の笑い声に反応して寝返りを打ち、掛け布団を跳ねのけた。はいはいはいと清美は笑い、そっと布団をかけ直す。それからおやすみなさいと囁いて、リビングルームの電気を消した。

〈著者紹介〉
鶉野幸一（うずらの こういち）
1956年、大阪市生まれ。
1969年、JARLアマチュア無線・旧電話級取得、旧コールJE3HDR。
1972年、MJFモトクロス旧エキスパートジュニアライセンス取得。
1973年、大阪市総合体育大会・陸上の部110m JH優勝。
1991年、旧4級小型船舶免許取得。
1993年、大阪市青少年指導員拝命。
1997年、大阪市北港マリーナ・セーリングカード取得。
2006年、JKCブリーダーとして犬舎号取得。
2011年、1級（特定）船舶免許取得。
2012年、セントラルサーキット・競技ライセンス取得。
2014年、大阪フルマラソン完走。

株式会社ウノ・ファクトリー代表。

執筆協力：小出美樹

未来《みらい》を生《い》きるものたちへ
じいじからのメッセージ

2023年4月28日　第1刷発行

著　者　　鶉野幸一
発行人　　久保田貴幸

発行元　　株式会社 幻冬舎メディアコンサルティング
〒151-0051　東京都渋谷区千駄ヶ谷4-9-7
電話　03-5411-6440（編集）

発売元　　株式会社 幻冬舎
〒151-0051　東京都渋谷区千駄ヶ谷4-9-7
電話　03-5411-6222（営業）

印刷・製本　中央精版印刷株式会社
装　丁　　鳥屋菜々子

検印廃止

Printed in Japan
ISBN 978-4-344-94408-4 C0093
幻冬舎メディアコンサルティングＨＰ
https://www.gentosha-mc.com/